扬州市文艺创作引导资金项目作品

寻找贾小朵

袁华 著

中国民族文化出版社

北京

图书在版编目（CIP）数据

寻找贾小朵 / 袁华著 . -- 北京：中国民族文化出
版社有限公司 , 2024. 12. -- ISBN 978-7-5122-1969-4

Ⅰ. I247.7

中国国家版本馆 CIP 数据核字第 2024LK6290 号

寻找贾小朵

Xunzhao Jiaxiaoduo

作　　者　袁　华
责任编辑　张　宇
责任校对　杨　仙
出 版 者　中国民族文化出版社　　地址：北京市东城区和平里北街 14 号
　　　　　邮编：100013　联系电话：010-84250639　64211754（传真）
印　　装　四川科德彩色数码科技有限公司
开　　本　880mm×1230mm　32 开
印　　张　7.25
字　　数　182 千字
版　　次　2024 年 12 月第 1 版
印　　次　2024 年 12 月第 1 次印刷
标准书号　ISBN 978-7-5122-1969-4
定　　价　89.00 元

CONTENTS / 目录

五哥真像赵子龙 / 001

铃儿响叮当 / 017

甘泉路 / 039

上禹王山 / 058

你好鲁米那 / 071

亲亲木头 / 090

青涩 / 110

寻找贾小朵 / 137

小累的楼阁 / 154

从"西游记"到"西厢记" / 168

恰卜恰有棵想我的柽柳树 / 185

七月的葡萄架 / 204

后记：知其难为而勉力为之 / 222

五哥真像赵子龙

秀水河流过我们涧溪村半里地之后，在高台子跟龙凤鸭河交汇，形成一个三叉河，河水继续向南流淌，河岸跟高台子之间的河滩地较其他河段宽敞多了，村子里的人都称那节河滩地为秀水坡。

秀水河河滩地大多长有芦苇，少部分是白地。河堰则种植清一色白杨，但秀水坡是个例外，除了白杨树之外，还有一片水杉、一棵梨树，外加一棵柿子树。梨树和柿子树像两位排头兵，在它俩身后，是一个小小的菜园子，长葱、蒜、韭菜、毛豆啥的。当然，夏日时节，菜园里也会长黄瓜、番茄还有小甜瓜。

这些白杨树之外的树木，还有那个小菜园都是我二叔亲手栽种的。秀水坡中间段辟有一块平台，平台上建有两间低矮的瓦房，带一个小院落，村子里的人都叫那个小院子为秀水坡别院。我二叔的后半生就是在秀水坡别院度过的。

平常我就喜欢去秀水坡别院，黄瓜、番茄、小甜瓜或者梨子、柿子成熟时候，会去得更勤。差不多每次都是五哥和我一块儿去，无论是踏着斜阳，还是踩着满堰渠的落叶，我和五哥的脚步都是欢快的，脚步落到那些半干的杨树落叶上，发出清脆的声响，就像我俩咚咚的心跳，越是走近别院，我俩的心跳就会越快。

因为到了别院，一定会有好吃的，是二叔专门为我俩备下的，好像每一次他都知道我们会去。如果运气好的话，说不定还能碰到二叔烧野兔子，那样的话，我跟五哥每人就能分到一条兔子后大腿。二叔有一杆老长的枪，枪身黝黑，能打鸟，也能打野兔子。我和五哥吃兔腿的样子一定透着十足馋相，二叔喜欢盯着我们看，只是，我总觉得二叔看五哥比看我的眼神更柔软一些。

早年间二叔是我们涧溪村唯一的看青。"看青"这个词在今天很多人是不明就里的。这样说吧，看青，就好比是今天的保安。今天保安保护的主要是人身和财产的安全。当年的保安，保的就是光杆一条——农田里的庄稼。

二叔每天扛着一杆长长的猎枪在田间巡视，威武异常。所到之处，大有唯我独尊的范儿。寻常里谁捋了麦穗，谁掰了玉米棒，那是绝对不允许的。当然了，二叔那杆长长的猎枪就是一个形式，是留着唬人的，它的主要功能是打鸟、打野兔子。那些"偷青"的人其实不太畏惧猎枪，他们只要是看见二叔，就已经吓得胆战心寒了。如果被逮了个现行，轻的是被呵斥一顿，留个臭名声，重的是要游村的。手里捧着偷来的麦穗、山芋或者玉米、稻谷啥的，那情形，没有哪个还能抬起头来。

但秦有财家的是个例外。

村子里不止一个人说他们曾亲眼看见秦有财家的顺田里庄稼，而二叔呢，明明看见了，却故意装聋作哑。

二叔大名叫赵志龙。不过村子里喊二叔赵志龙的人不多，大家都喊他赵子龙。是一位爱听书的长辈给二叔喊开的，那长辈平时喜欢听也爱讲三国，赵子龙大战长坂坡是保留节目，一来二去，老人家就给二叔改成了这名号。

二十岁之后，二叔又多了个名字，也带龙字。就是这么一个名字改变了二叔的人生。

涧溪村西边是艾山。

山上自然都有石头。那时候人们又没有个啥保护自然的意识。农家建房子、砌院墙，哪怕是盖个猪圈垒个厕所，处处都要用石头。当然那时候也有窑厂烧制红砖，可那个价钱太大，小户人家用不起，都喜欢选用石块，就算是偶尔用点红砖，那也一定是用在房屋的重要部位，比如四个墙角，或者山墙顶部，既亮堂，又能让房屋更稳固。

开山炸石，是每一个靠山的村子里村民都会干的活。靠山吃山嘛。我们村自然也不例外，农闲时节，村子里组织一水儿的棒小伙上山炸石头，除了自用之外，还能换点零用钱。

上山的棒小伙分工明确，有负责装炸药的，有负责搬运石头的，二叔腿脚灵便，脑瓜子活，他分到的活儿是点火。

这活儿说起来很是简单轻松。负责安放炸药的人完工后，便有嗓门大的人扯开嗓子喊：炸山喽，炸山喽，炸山喽……声音在山间及山坡面四处飘荡，这是告诉走过路过的村民小心注意了，马上就要开山点炮，要小心飞石，该躲的躲，该藏的藏，可别砸着头。接下来就要负责点火的人上场了。药捻子长长的，点上火后人就撒丫子往好藏身的地方跑。之所以说这活儿简单轻松，就在这里，点个药捻子，不累，又不苦，本也没啥风险。问题的症结就在于点火后的炸药常常会出现哑炮。

出现哑炮可能是药捻子有质量问题，或者是药捻子没保管好，受潮导致中途熄了火。也可能是装药工的活儿不够细，比如药捻子跟雷管没有衔接好，更有甚者，装药工在捣实炸药的时候，不小心把药捻子和雷管给分离了。但无论是哪种情况，都需要点火人重回现场查看。要么重新点火，要么清除哑炮。这就是潜在的风险。要不然，你一天啥力气活也不干，就带上盒火柴杆，轻轻松松点个火，跟人家那些搬运石头干重体力活儿的一样分成，怎么可能呢？

二叔就是在一次查看哑炮的时候出事的。

临靠近哑炮的时候二叔还是多了个心眼，他是猫着腰、矮着身子慢慢朝前挪的。当二叔猛然看到那地方还在冒烟儿时，二叔本意是想朝前趴下去的，情急之下二叔竟是一屁股先坐下了。二叔本能的用双手护头，然后朝后一仰。尽管是闭着眼的，二叔依然能感受到头顶铺天盖地的石头雨，二叔脑子里根本来不及想些多余的人和事，爆炸声响起的时候，二叔只想到了一个死字，这个死字在二叔的脑子里盘旋也就几秒钟时间，二叔便失去意识，昏过去了。

总算是不幸中的万幸。二叔身体没啥大碍，就是眇一目。

这里用了个"眇"字，是比较文雅的说法，是村里那位喜欢听书、爱说书的老长辈用的。村里人可不买这些账，他们干脆的很，直接说二叔瞎了一只眼。从那以后，村里人当面喊二叔赵子龙，背后都喊他独眼龙。

"独眼龙"仨字给二叔最大的伤害就是差点到手的媳妇没了。那情形真有点像煮熟的鸭子又飞走了。

之所以说是差一点到手的媳妇，因为还没有三媒六聘呐，还只是双方家长一点小意愿。那女子是白龙埠王铁匠的三丫头。我奶奶跟王铁匠媳妇是远房表姊妹。在一场丧事上，这一对久不往来的表姊妹相遇了，当时王铁匠媳妇正好带着三丫头。我奶奶一见就心生喜欢，说这丫头模样周正不说，说话轻声细语，小脾气儿跟只温绵羊似的，和我们家小二子般配呢。旁边正好又有熟识二叔的亲戚给添油加蜜，说二叔一表人才，又人高马大，一身的力气。至此，老姊妹是一拍即合。奶奶承诺回家后立马就托媒人去提亲。也就在这当口，二叔出事了。二叔瞎了一只眼，奶奶心知这亲事再去提只怕也是瞎子点灯白费蜡。奶奶只能无奈地在心间叹口气，嘴里还说这在丧事上相中的丫头终究透着些晦气，只怕这孩子命里有克，往后也过不得多好。奶奶平常里信那些生辰八字、阴阳风水啥的。

你还别说，奶奶那点吃不到葡萄说葡萄酸的无奈感觉还真有些影子。

后来，让奶奶糟心的是王铁匠的三丫头竟嫁给了我们家邻居秦士武的儿子秦有财。

秦士武养了七个丫头才有的秦有财，村里人都说秦士武犯七女星。等秦有财连续生了三个丫头之后，村里一些爱嚼舌头的又开始嘴巴不干净了，说他爷俩是一样的命，也犯七女星，想生儿子，除非像他爹一样，生够七个闺女才行。秦有财好不容易盼来了第四个孩子，可依然是个女娃儿。

四个闺女名字取得差不多就一个意思。老大招弟，老二来弟，老三思弟，老四盼弟。说白了，就是想要一个男孩呗。这在乡村里也是一个普遍现象。不孝有三，无后为大。传到自个儿，不能就断了香火嘛。再说了，家里若没个男孩子撑门抵户，是会被邻家笑的。日常街面上行走，都会觉得矮人家三分。那时节还没有人口控制的说法，差不多每户人家都是敞开量的生孩子。

其实从思弟出生后，秦有财的性情就开始大变了。这一点秦有财跟他爹可不能比。当初有财娘左一个丫头右一个丫头不间断地生，村里人也是闲话一大堆，可有财爹不气馁，也不来火儿。有财爹不信那个邪，说我一个180斤的大老爷们，还弄不出一个儿子来？有财爹有信心，也有恒心，一个劲地捯饬，功到自然成，第八胎不就得了秦有财嘛。

这秦有财倒好，生第二个丫头的时候心里就窝了火，常骂老婆的肚子是破泥沼、烂荒地。秦有财本来烟瘾就大，8分钱一包的丰收烟有时候一天能吸三包。生了思弟后，又开始嗜酒，常常喝得烂醉如泥，这样既伤了钱财又误出工，当然还有更潜在的伤害，那就是身体。上山装卸石头的活秦有财老早就不能去做了，农田里的工出得也少，年底分红自然就少。喝酒吸烟又耗尽了家里仅有的积蓄，日子就如同陷进了泥潭，秦有财想拔都拔不出来。盼弟落地的时候，秦有财已经瘦得有些失了人形。当接生婆告诉他又是个丫头的时候，秦有财当场昏死过去。

这下可就苦了有财家的，连个月子都没能坐安生，产后第二天就得下床照顾男人。

其实有财家的苦日子是从生了招弟后开始的。有了来弟后，那份苦就浓了点。生了思弟后，苦就又加三分。等生了盼弟，有财家的就是个苦人儿了。

在有财家的心里，她把生不出儿子的错一股脑儿都揽到了自己身上。其实这不单单是一个有财家的。在农村，这样的女人一抓一大把。下蛋就是母鸡的事儿，下不出蛋自然是母鸡的错。男权强压之下，有愧疚与负罪感的女人在家里就更没有丝毫地位了，只能俯首低眉，只能逆来顺受。看来当初我奶奶真是有眼力见儿，一眼看出这女子是只温绵羊，就是个受气包。自打过门到秦家，奶奶就没听到过她大声说话儿。这再接二连三地生女孩，心底的卑微越发狰狞了，就算是被秦有财打了、骂了，她也只会打落门牙朝肚子里咽，自个儿躲到屋里淌眼泪。这也是此等女人的可怜又可恨之处吧，自己宁愿受气，还要自觉维护男人的脸面，觉得男人打骂女人是天经地义，这家丑就不该外扬。当然，在乡间里，偶尔也有个别泼辣、彪悍的强势女子，那就是标准的女权上位，家里家外，差不多的人都要看她脸色，这样的女人到哪里都吃不了亏。可惜有财家的不是。

要操持家里，还要跟男劳力一块儿出去挣工分，偶尔有点好的吃食，也是先紧着男人和孩子，轮到自个儿都已经是清汤寡水了，哪里还有啥养分。营养跟不上，有财家的身子一直都是亏着的，奶水不足，盼弟常常彻夜哭闹。

有次趁回娘家的空，有财家的跟她爹王铁匠要了两块钱，回头到集市上买了四只小兔子，三母一公。秦有财是指望不上了，有财家的奢望这三只母兔子能早日开枝散叶，然后换点钱来，男人需要补身子，自己也要养养奶水，可能的话还能给前面三个闺女添身小衣服，招弟都要上学了，也得交学费，这又是一笔支出。

有财家的凄苦的时候，正是二叔最滋润的时光。

作为瞎一只眼睛的补偿，村里给二叔安排做了看青。这差事虽说不算官不算将，但在当年也绝对是个肥差，够得上半个公家人。首先是清闲，再有一年到头都是出全勤啊。无论是刮风下雨，不管是农忙农闲，二叔每一天都能拿满工分。平常家里有啥事，也不耽误。看青的岗，又没有个人查。就算村里真的知道二叔哪天没有去上班，也不会说个脏话来。本来让二叔做这差事，就有照顾的意思，就是个补偿，是拿一只眼换来的嘛。

后来，二叔又鼓弄来一杆猎枪。

那家伙可能并不是真正意义上的猎枪，应该叫火铳吧。反正早年间乡下比较盛行，用火药作引，发射小弹珠，弹珠出枪膛，呈喷射状散开，射程还蛮远的，威力也大，可以打鸟、打野兔子，当然，也曾发生过用这种火铳伤人事件。后来被公家明令禁止私人持有，二叔也没能例外。

有猎枪在手，二叔觉得齐整多了。之前两手空空巡田，走到哪里都觉得了无依靠。玉米叶沙沙作响、翻滚的麦浪、山芋秧绿得能汪出油，还有那些拥挤的豆荚，你碰我我碰你的，都能奏出音乐来……可二叔感觉不到一丁点儿的美。每天面对这些，二叔觉得乏味，在二叔眼里，好像它们不是玉米，不是麦子，不是毛豆角，它们都是水。自己就是那个溺水的人，两手抓不到可以救命的稻草。直到有一天，二叔在一垅刚收割过的豆茬地看到一只野兔。

二叔心念一闪：我该有杆猎枪呢。

许多年之后，歌曲《大王叫我来巡山》爆红网络。每每听到这首歌，我都会遥想二叔当年。二叔扛着长长的猎枪，在蓝天白云下行走，在裹着草香的风里逡巡，二叔心情一定无比舒畅，又十分满足。二叔用一只眼睛睥睨田间，关心着秧苗、麦子、豆类、谷物……二叔用唯一的眼神跟它们说话，它们拔节、抽穗、结籽，二叔都会向它们微笑、额首赞许。除了关心农作物，二叔还关心偶尔出来觅食的野兔及田间飞鸟。和庄稼相比，这野兔和飞鸟就是二叔的敌人，二叔只能动用肩膀上的长枪来对付它们。

每到晚上收工，二叔的枪头少有是空着的。二叔用草茎搓成绳，把猎物系好挂在枪头。扛着枪头挂有猎物的二叔，像极了得胜还朝的将军，走路都是一晃三摇的。枪头上常见的猎物有斑鸠、麻雀、喜鹊、野鸡、野鸽子、野兔子。有一次二叔觉得自己运气出奇的好，一天里打到两只野兔子，回家经过秦有财的门口，二叔自作主张送给有财家的一只。

那时候有财家的正怀着老四，还没生下来。秦有财的身体已经不是多好了，二叔觉得他们家日子过得够紧巴，给一只兔子最起码能让小孩子解解馋。

二叔没想到，奶奶知道这事后，竟然臭骂他一顿。

一直以来二叔心里都疑惑着。奶奶好像对有财家的有些不对眼。秦有财家没有手压井，平常吃水用水都是到村中大井里提水挑到家里来，那时家家都有一个储水的大水瓮，闲时候把水瓮存满了，用完了再去挑。有财家的生思弟那阵子，我们家打了眼手压井，当时正赶上秦有财身体不好，哪里还有力气去挑水吃。我爹就给秦有财说，往后你们吃水就到俺家拎吧。即便是这样，拎水的活也多是有财家的做。才生过孩子，吃食又不好，有财家的常年一副弱不禁风的模样。二叔看她拎水桶费劲，只要在家，一般都是帮她把水拎家去。看到二叔帮有财家的拎水，奶奶总说些不阴不阳的话。

这回因了一只兔子挨骂，二叔觉得委屈，破天荒地顶了嘴，说兔子是我自个儿打的，我想送谁就送谁。那边奶奶更来气，一顿数落之后，憋了几年的话一时间没守住，终于倒了出来：有财家的原本该是你媳妇。

二叔心里咯噔一下。

知道原委后，二叔也只是有那么一小会儿的失落。二叔用手摸了摸那只塌陷下去的眼窟窿自言自语道："这怎么能怪人家呢！"

盼弟十个月的时候，秦有财身体更差了。人一直消瘦，咳嗽得厉害，痰多，有时还带血迹。小晌午过后，总是低烧。最终医生判定是肺结核，可他那样的家底子，又能到哪里弄钱用药呢。

有财家的要照顾孩子，还得照顾男人，医生说了，有财的毛病会传染，可得注意了。除了照顾孩子和男人，有财家的还要照顾兔子。

当初花两块钱买来的种儿都有回报了，可惜的是秦有财有病，卖兔子的钱没有派上想要的用场，扔医院里都没够。有财家的又舍不得多卖，还指望它们再生小兔子呢。

安顿好家里，有财家的天天还得朝湖（田）里跑，要薅兔草。有财家的选的时间点一般都比较固定，大都是傍晚时分，有时候是晚饭点前，有时候是晚饭点后。来来去去，多是踩着夕阳的尾巴。有财家的不敢多耽搁，怕家里老的小的出乱子。可有财家的也无奈的很，兔子虽然不是多金贵，但吃的草也是有讲究的，有些草还真不能乱吃，一旦吃错了，兔子会拉肚子，弄不好会死掉。有财家的可赌不起，有时候宁愿跑远一点儿，多耽搁一会儿工夫。

二叔找清有财家的那个时间点后，就把自己下班的点拖到那时辰，更多的时候是有财家的在前面，脚步急匆匆的样子，二叔小跑着追上去，快速取下枪头挂的野味，放到有财家的竹篮里。一开初有财家的是不要的，二叔不说话，执拗地一遍遍朝竹篮里放。后来，有财家的也就默默的接受了，男人病着且不说，孩子可怜呐，脸上都透着菜黄色。这天上飞的、地下跑的，虽说不是大荤，可总也是肉呢。

盼弟满两周岁的时候，有财家的又生了，这次是个男孩。

孩子出生后，躺在病床上的秦有财哭得稀里哗啦的。咳嗽带出的痰液加上泪水黏连在他的鬓角和胡须上，扯出一道道银亮色丝线，像一张支离破碎的网，网着秦有财瘦得有些夸张的脸。

秦有财说，天可怜见，我秦有财总算有儿子了。就顺着姐姐来，是小老五。大名叫天赐。

也许是一口喜气吊着的吧，秦有财撑到了天赐满月。什么闺女、儿子、烟酒、病痛都不再跟他有关联，秦有财撇下这孤儿寡母，撒手西去了。

有财家的早已没力气去悲伤了，男人下湖（葬）当晚，她依然去薅了兔草。

两个月后，娘生下我，奶奶给取的名，叫飞虎。

二叔是在我和五哥两岁那年去秀水坡建房安家的。

那一年，田地再不是公伙的了，都分到了户。各家的田各家都宝贝着，有自家照管，再不需要二叔这个看青了。但村里总觉得亏欠二叔的，不忍心就这样炒了他的饭碗。想着涧溪村还有好几里地的秀水河堰，那里里外外的都种着白杨树呢。村里就让二叔去看护河堰上的树木。本来二叔也是可以跟之前看青一样，白天到堰渠上走走，打打鸟，寻寻野兔子，就能有份固定的收入，可二叔坚持要住到河堰上，说以后尽量不进村子了。当然，这里面是有因由的。

起因是秦有财家的小五子。

村里人都说五哥像二叔。

村里人还说秦有财都病那样了，恁小身板还能下种儿？这有财家的天天朝湖（田）里跑，薅兔草是不假，可竹篮里上面是兔草，兔草下面就不好说了。二叔又不管她，那田里的庄稼还不跟自家的一个样？一来二去，报答一下看青的，也在理儿。

往常有秦有财在，还得避着点，现在倒好了，没个碍事的人了。反正两家就隔着一道山墙，一到晚黑，有财家的还不直接打开大门迎闯王？

奶奶听了这些闲言碎语后，跑出去骂了半天街。

奶奶说，俺家二子虽说少了只眼，可好胳臂好腿的，是个周正人，又吃公家饭，早晚要讨媳妇的，眼下就是姻缘没到吧。往后哪个嚼舌头的敢再瞎胡扯，看我不撕烂她的嘴。

奶奶在村里是出了名的烈性子，好多人都怵她，但怵归怵，这明里不说，谁又能管得了别人暗地里的闲言碎语呢。

秦有财不在了。有财家的一个女人拉扯五个孩子，难为处可想而知。二叔时不时帮衬接济一下自是难免。可面对着那些言语，二叔有点儿怕。人言是刀子，能杀人呢。有财家的性子又木讷，万一哪会儿想不开，喝个农药、上个吊的，自己罪过可就大了。

二叔不顾奶奶百般拦阻，最终把新家安在了秀水坡。

我和五哥是同一天报名上的学，坐同桌。

打从我记事起，好像我跟五哥就没怎么分开过。除了吃饭睡觉，我们俩都黏糊在一起。一些不知根底的人初次见我们，都说我俩是双胞胎。

有一回爷爷奶奶在锅屋烙饼，我轻手轻脚地过去想吓唬吓唬他们。爷爷奶奶在锅屋一直低声说话，前面的我没有听清，只隐约记得后面一段是奶奶说的：

……照我看这小东西八成就是咱家二子的种，你看他饱鼻子饱眼的，跟二子小时候就是一个模子铸出来的。

五哥长我两个月，喜欢拿捏当哥哥的样子来。每每有小伙伴欺负我，五哥都会挺身而出，挡在我的前头。往来学校，有时候书包都是五哥帮我背着。这样的哥哥派头也只有在一个时候不存在，就是在吃零食时。五哥家里几乎没有小孩子吃的零嘴。我们家有，我吃的，都会分一半给五哥，五哥也不跟我谦让，每次都是我和五哥一起，开开心心地吃。

去二叔那儿，也是。五哥好喜欢去秀水坡。

在别院里，二叔说我和五哥欢得就像河水里的两条鱼，若不拦着，都能迸出水花来。

三年级的暑假里，我跟五哥有一次长时间的分开。

我去的地儿是比白龙埠还远的授贤村，那儿是我姥爷的家。姥爷新房起好了，要搬进去住，接我过去玩几天。

换了个环境，处处都透着新鲜。姥爷疼爱我这个长外孙，变着法子逗我开心。还有几位小姨娘，也是。我暂时就把五哥给忘记了。

姥爷有一手钓长鱼的绝活，那时我们不喊那家伙叫长鱼，我们都叫它血鳝。姥爷在水田里行走，知道血鳝会把窝造在哪儿。姥爷用烧熟了的青蛙肉做饵，朝血鳝窝里下钩，一钓一个准。又长又肥的血鳝扭曲翻动着自己的身子，可它哪里又能逃脱呢。

那时我特喜欢吃血鳝、王八、吱嘎燕（昂刺），不爱吃猪肉，但喜欢吃猪下水。姥爷为此还调笑过我，说虎子就是个穷命哦，尽爱吃些不值钱的玩意。姥爷哪里会知道，许多年后，他老人家嘴上说的不值钱的玩意都开始金贵起来了。

在姥爷家玩了四天，新鲜劲儿一过，我也醒过神来了。我想五哥了。可姥爷不放我回，让我再多玩两天。

好歹又熬了两天，在我的软磨硬泡下，姥爷才赶在傍晚前把我送回了涧溪。

到了门口，姥爷推开的是我们家的门，我推开的则是五哥家的门。

五哥不在家。空荡荡的院子里只有思弟和盼弟俩姊妹在安静地剥毛豆米。

问思弟，思弟只说不知道。

我能想到的只有一个地方，是的，二叔的别院。

我是小跑着去别院的，堰渠上落叶被我踩得噼里啪啦地响。是啊，好几天不见五哥了，五哥一定也想我了。五哥不知道我当晚要回来，他肯定是到别院找我二叔玩了。

傍晚的秀水坡是安静的。堰渠外的玉米地、堰渠内的芦苇，它们身披斜阳，一副与世无争模样。稍不安分的是水杉树，还有那些挺拔的白杨，细碎的晚风晃不动它们的腰身，但枝叶除外，枝叶间的碰撞有如梁上乳燕亲昵。可此刻，我顾不上这些，我只想早点儿找到五哥。

别院近了，我看见五哥了。

五哥手里拿着一个小风车，在秀水坡跑。我听得见风车转动的呼呼声，也能听到五哥的欢笑声。我有点儿泄气，看五哥样子，哪里有半点儿想我的迹象啊。我还看见二叔和有财家的在后面跟着，他们俩的步子好慢、好轻，好像一点儿都不怕五哥跑远了。有一瞬间，我看见有财家的歪过头、仰脸看二叔，

　　夕阳透过晃动的芦苇叶洒到有财家的脸上，是好看的橘红色，也许就是她本来的脸色呢，我分不清。

　　我停下了脚步。

　　因为那一刻我不知道自己是该朝前走，还是该朝后退。

铃儿响叮当

1

冬至。

从早晨开始，老天就阴沉着脸，空气里荡着微风，这微风和早春及初夏的风一点儿都不一样，它有着锋利的刀口，割着行人裸露在外的手背、面部，有点儿像被蚊虫叮咬的感觉，让人不舒适。

在邘城，冬至一般被叫作大冬，民间有"大冬大似年，家家祭祖先"的说法。从上午十点左右就有人开始在门口烧纸钱了，有纯粹烧黄裱纸的，也有烧用锡箔纸叠制的元宝的。当然，还有更直接的，就是烧印刷的阴间纸币。祭祀者一般都一边烧纸钱，一边嘴上念念有词，那是说给先人听的，大抵都是让他们不要太节约，放心大胆地享用。那情形就一如逝去的亲人在安静地倾听。

焰火明灭，青烟缭绕，而后便是纸灰飞扬。特别是在旧城的窄巷里，那情景总给人乌烟瘴气的感觉。骑着三轮车，穿行在略显逼仄的老巷道，看着这样的场景，秦保安心间总会生出些许的无奈。秦保安总觉得这样的祭祖行为是在作秀，是在做给活人看。先人在的时候，有几人会大把大把给他们钱财，让他们不用吝啬、大大方方地享用呢？所谓尽孝要趁早，何必非要等到斯人已去，再装出模样来，自欺欺人呢？

阴冷的天气，缭绕的烟雾，还有这寂寥的街巷平白让人心生压抑。尽管心里有点儿不情愿，但秦保安还是选择在这一天过来看妈妈。

在邳城人眼里，大冬和清明是一样的，是一定要祭祖的。爸爸过世后，妈妈每年都会提前给秦保安打电话，让他别忘记了买纸箔，妈妈总是要亲自叠金元宝，也许在她心里，这样做，就如同保安爸爸在世的时候，她亲手给他量体裁衣。

过了堂子巷口不远，就是双井巷，巷子顶头有一对双眼井。秦保安故意放慢车速，朝水井处看，铁丝栏杆围着井口，井栏边有枯草的茎，就是看不到人的踪迹。小的时候，双眼井边绝对是个热闹的地方，洗菜、淘米、洗衣服，夏日晚上给小孩子洗澡，哪一户人家会不到井边来呢？最有趣的是井口石圈上那一道道的凹槽，大人们都说是长年累月汲水，被井绳儿磨的，小的时候秦保安是信的，长大后，就觉得不是这个理，尽管有水滴石穿的说法，那样，得是多漫长的岁月啊。不过，这同一个地方，并排着凿了两眼井，却是难得一见的，反正在秦保安有限的人生经历中，这是唯一的。这儿留下了秦保安无数个欢乐的童年记忆。

从遥远的往事中回过神来，秦保安就看到一条泰迪犬懒洋洋地在车前晃，秦保安右脚就离了脚踏，去踩车前梁边自制的铃踏，铃踏扯动拉杆，拉紧小滚轴，使它与车前轮一碰，滚轴飞转，于是，连在滚轴身上的小线锤连续敲打固定在车轮上方的一个半敞开的铁筒子，接下来本该是一阵清脆叮当响的铃声，而此刻，或许是天气的原因吧，秦保安听到的声响却是透着一股潮湿气及沉闷。

在一个稍微宽敞的地方停好三轮车，正巧碰见邻居朱阿姨拄着拐棍扔垃圾，秦保安紧跑两步，到朱阿姨跟前接垃圾袋。朱阿姨也没拒绝，伸手把垃圾袋交到秦保安手上，笑着说："保安，又来给妈妈梳头呢？"

一瞬间里，秦保安竟是面生腼腆，他没有直接回答朱阿姨的问话，只是"嗯"了一声，然后转身把垃圾袋送到不远处的垃圾桶里，回过身来，去搀着朱阿姨，把她一直送到门口。

返回自家门前，秦保安习惯地朝门头上瞅了瞅，青砖的门楼，一块条青石做的门梁，门梁上"紫气东来"四个大字布满了灰网，门两旁的石鼓像一对暮年老人，默默守望着，它们身上的纹饰在时间的河床上不是被越洗越光亮，而是渐次藏污纳垢，变得不再清晰。那鼓面也早没了自己年少时候的光滑。小的时候，自己和弟弟保全可没少骑到石鼓上玩耍。

大门没有锁，嵌着门缝儿。秦保安能想象出这两扇门当年的威风。听爸爸说，是老楠木的里，外面都包裹着铁皮。眼下，尽管是锈迹斑斑，但铁钮儿依然个个鼓。爸爸曾跟秦保安讲过，若是家境再殷实些的人家，大门是会用黄铜皮来包裹的，金色泛黄的光泽，透着富贵气。可现在呢，铁锈的斑驳尽显沧桑，跟邻近人家装饰过的红墙绿瓦比起来，分明就是老态龙钟了。

推门进来，这儿的场景秦保安就算是闭着眼睛也了然在胸。天井、东西厢房、小花园、青石台……当初，小花园里常年花草不断，有迎春、月季、海棠、茉莉、冬菊……青石台凳上有文竹、铜钱草、针松盆景等。可眼下，只有一株桂花和南墙边上的爬山虎还有生命的迹象，其他的，早已荡然无存了，那青石上则摆放了不少的瓶瓶罐罐。

这是一处典型的老邛城居民住所，它的前身是"铜壳锁"的建筑结构，从中延伸，成为现在的三间两厢一对合。离开这个老院子之前，秦保安一直都住在东厢房。是爸爸去世后的第五个年头吧，弟弟保全把妈妈的床铺从正房里给腾了过去，秦保安没有责怪保全，他知道，弟弟也不容易。

听到推门声，保全的媳妇梁冬从堂屋走了出来。看到秦保安，就说："哥，你来了。屋里坐吧，妈吃过午饭后，小闹腾了一阵，这会儿睡着了。"

秦保安仍然没说话，还是用鼻音"嗯"了一声，跟在梁冬的身后，进了堂屋。

在沙发上才坐定，梁冬已经泡好茶水，端了过来。那一刻秦保安莫名地想哭。

这么多年了，也许是保全跟梁冬恋旧，也可能是懒得拾掇吧，客厅里的摆设始终都没有动过，沙发、茶几、客厅正墙根的条几、条几下面的大八仙桌，都还是原来的样子。条几上的香炉、石屏、摆钟，也都还在，香炉的正上方是那幅松下操琴的写意画，简线条，笔墨不多，却给人足够满的感觉，画两侧配有对联，是：雨过琴声润，风来翰墨香。这些都是当年爸爸的挚爱。

秦保安的妈妈是在他爸爸去世四年后生病的。

一开始是记忆力衰退、偶尔不认识人，后来逐渐发作频繁，还会瞎闹腾。而且每次闹腾的时候，口中都会含糊不清的喊叫："梳头，梳头。"

住了几次医院，医生也没有良策。医生给秦保安说，这是标准的老年痴呆症，通过治疗及观察，还是值得庆幸的，病人的状况还算乐观，目前只是处于一种间歇性的发作阶段，尚没有完全痴呆。在以后的护理中，如果家属能多陪伴、多沟通，在亲情及忆旧的双重作用下，可以有效遏制她的病症朝深度发展，同时，也能遏制她的情绪失控，当然了，还有一点，病人常常喊叫的"梳头梳头"，我想这样的细节你们作为直系亲属肯定懂得个中的含义，如果能够理清病人的本意，充分利用起来，应该可以起到事半功倍的效果。

秦保安当然懂得。

2

秦保安的妈妈年轻时候是剧团的一名演员，主攻花旦。她第一次和秦保安爸爸见面的时候，正是一场演出结束后，才卸了妆，她用根红扎绳很随意的把一头秀发拢了下，自然的散拔在身后，小跑着从后台出来，在橘红的路灯照射下，她的长发变换着光泽，散发一丝魔幻的色彩。她微笑着，透着调皮，携着大方，就这样站到了秦保安爸爸的面前。据说后来，秦保安的爸爸不止一次提起过这次见面的情形，提起自己最先注意到的竟然是她的长发。而且当时，秦保安的爸爸还鬼使神差的说了句，你要是做我的女朋友，以后我天天给你梳头。

说了这话之后，秦保安的爸爸自己都有点儿手足无措了。

倒是秦保安的妈妈沉稳，毕竟是天天走舞台的角，当场就笑出声来了。她觉得这话比所有的表白都好，比房子、票子都珍贵。

接下来的故事就简单了。他们结婚、生子，秦保安的爸爸虽然没有做到天天给妻子梳头，但这一诺言始终都保留在他们的生活中。一开始，这只是他们夫妻间的小秘密，日久天长，没有不透风的墙，渐渐的，亲友、邻居、同事，都知道了这个秘密，就有好事者给秦保安的爸爸起了个诨号，叫秦叔（梳）。也有当面叫的，保安的爸爸也不恼。

后来，尽管秦保安的妈妈因为声带受损，离开了心爱的舞台，但秦保安的爸爸没有因此而收回自己的承诺，每周至少给妻子梳一次头，早已成了他生命里的一部分。

秦保安妈妈的长发一直留到了 55 岁。这一年，秦保安的女儿秦好读小学一年级，保全的儿子秦天入幼儿园。

是秦保安的妈妈自己要剪掉长发的。

她跟老秦说，这长头发可留够年头了，你小秦都变成老秦了，都做了好几年的爷爷了。我呢，这一头秀发也是过去时了，早没了当年的乌亮，有白发了。再有，也不好意思老是劳烦你老胳膊老腿了。这么长，麻烦、费事呢，剪掉算了吧。如果你还想继续梳，也轻快些，省事点儿。

剪成短发后，老秦依然坚持每周都给妻子梳一次头。是的，头发短了，省事了，梳起头来，梳子也顺当了。但老秦丝毫不敢偷工减料，每次给妻子梳头，依然会慢慢的、小心的梳，就像妻子年轻时一样，左手护发，右手持梳子，轻轻地朝下顺，生怕哪个地方的头发打结了，挡着梳子了，那样的话，如果力气用过了，会弄疼妻子的。

梳头的时候，秦保安的妈妈是安静的。

透过梳妆台上的镜子，她能看到老秦的专注，抬左手，拢头发。右手举梳子，从上而下，缓缓朝下移动，这头发短了，也好理顺了，三五轮梳下来，梳头的速度会稍微加快些，一遍，一遍，又一遍，梳齿一次次划过头皮，像无数个小指头在头皮和发梢间舞蹈。有时候秦保安的妈妈也会闭上眼睛，一任时光缓缓流淌，世界如此安静，安静到可以听到自己和丈夫的呼吸。只是除了这呼吸声外，保安的妈妈隐隐还能听到另外一种声音传过来，那是梳齿与发丝的碰撞声，彼此纠缠、分合，那音质是如此的美妙，像清晨里的小提琴曲。

秦保安心里清楚，妈妈的病根应该就是在爸爸去世后那一年多时间里埋下的。那时候，妈妈常常窝在客厅里，或者坐在小花园边上发呆，有时候一坐就是一两个小时，不说话，事实上，家里也没人陪她说话啊。每每想念至此，秦保安都会心生悔意，那时候，自己如果能多抽出点儿时间来陪陪妈妈，或许就不会出现后来的病症了。可是，这世界上哪里又能买到后悔药呢？

偶然的一天，秦保安在妈妈的房间里看到了那把肥硕的檀木梳子，那是一把老式的木梳，也许是时间久远的缘故，梳子的色泽呈深紫色，通体宛如油漆过一般。梳子没有手柄，梳背宽厚，抓在手上，敦实、舒适。秦保安心念一动，出来后就给弟媳妇梁冬说，希望她能常给妈妈梳梳头。

一段时间下来，梁冬就告诉秦保安，情况不是多理想。老妈妈似乎不太情愿让梁冬给她梳头，确切地说，是有点儿不愿意让她碰那把檀木梳子。秦保安听后沉吟半晌，就给弟媳妇说，以后你就别给妈妈梳头了吧。

不让弟媳妇给妈妈梳头，秦保安心里是想着要由自己来试试的。

一开始，秦保安觉得手生。再有，毕竟妈妈年岁大了，头发水分缺失，干燥，易折，而且脱落的也厉害，秦保安心底还携着担心，怕一不小心伤到了妈妈。庆幸的是秦保安有耐心，再说了，当初他也是看过爸爸给妈妈梳头的。几次梳下来，也便得心应手了，从上而下，自左向右，临末了再来个自前向后的背梳，然后完美收官。

秦保安知道，妈妈的配合是自己能做好这活儿的关键。

每次梳头之前，妈妈都会伸手握一下秦保安的手。一开始秦保安没怎么在意，后来，秦保安就明白了。

从小到大，街坊邻居都说秦保安跟他爸爸是一个模子里刻出来的。脸形、身材、包括走路的姿势。或许在妈妈的心里，自己身上的气味跟爸爸都是一致的。在妈妈患病初期，有那么几次梳头的时候，秦保安分明听到妈妈在叫自己的时候，不是喊保安，而是喊爸爸的名字。

秦保安还知道，自己给妈妈梳头这事肯定是停不下来了。更多的时候，梳头，胜过了许许多多的良药。就算妈妈病情发作，正在闹腾，只要秦保安一到，把老妈妈安置到梳妆台前，檀木梳子和妈妈头发接触的时候，就是妈妈开始安静的时刻。在老妈妈心里，也许世界是空的，也许，她觉得自己拥有了整个世界，她已经不用抬手去握秦保安的手了，她只是安静地享受着，眼睛也还朝梳妆台上镜子看，但目光少了几许平和，有浑浊的迹象，也许，她什么都没有看到，只是习惯性保持着这样的姿势。有时候，秦保安梳着梳着，她就在藤椅上睡熟了。

女儿秦好喜欢拿梳头的事来调侃秦保安，说爸爸是继承了爷爷的遗志，要把给奶奶梳头的事业进行到底。有一回，秦好还在微信上给秦保安发来了一首诗，题目就叫《木梳》：

我带上一把木梳去看你
在年少轻狂的南风里
去那个有你的省，那座东经 118 度、北纬 32 度的城。
我没有百宝箱，只有这把桃花心木梳子
梳理闲愁和微微的偏头疼。
在那里，我要你给我起个小名
依照那些遍种的植物来称呼我：
梅花、桂子、茉莉、枫杨或者菱角都行

她们都是我的姐妹，前世的乡愁。

我们临水而居

身边的那条江叫扬子，那条河叫运河

还有一个叫瓜洲的渡口

我们在雕花木窗下

吃炖菜和鲈鱼，喝碧螺春与糯米酒

写出使洛阳纸贵的诗

在棋盘上谈论人生

用一把轻摇的丝绸扇子送走恩怨情仇。

我常常想就这样回到古代，进入水墨山水

过一种名叫沁园春或如梦令的幸福生活

我是你云鬟轻绾的娘子，你是我那断了仕途的官人。

在诗文的后面，女儿还特意加了一句话，并且用括号给括了起来：爸爸，抽空也给妈妈梳个头吧。还配发了两个调皮的表情包。

3

让保全接班的决定，爸爸是跟秦保安商量过的。

其实说是商量也不全对，就是告知一声。那是中秋过后的一个晚上，爸爸难得提出让秦保安陪他到小秦淮河边散步，皎洁的月光下，河驳岸边就秦保安跟爸爸两个人一前一后在行走，晚风吹拂，柳条摇曳，竹影婆娑，路上有少许的枯叶，偶尔踩上去，会发出轻微的碎裂声。觅食的野猫警惕性最高，人还没走到近前，三摇两摆便蹿进河道的护栏里了，再也看不到它们曼妙的身影。有好一阵子，父子俩就这样溜达着，爸爸不说话，秦保安也不问，在身后不紧不慢跟着，但在心底，秦保安分明觉察到，爸爸是有事情要跟自己交代。

爸爸希望秦保安不要怪他偏心。爸爸说，保安，你也知道，保全出生的时候因为助产护士操作失误，让他跛了一只脚，其实保全他就是个残疾人，你想想看，一个残疾人，如果再没有一份体面的工作，只怕想娶个媳妇都难。

秦保安不会责怪爸爸，但心底多少还是有些失落。但爸爸说的也是实情，对于保全来说，他也真的太需要那份工作了。

秦保安说："爸，我听您的，我好胳臂好腿的，又有一身的力气，还愁找不到工作吗？"

儿子如此懂事，做爸爸的心里自然顺当，他拍了拍秦保安的肩膀，说："你心里也不要有什么压力，眼下爸爸正在跟以前的一位老领导联系，活动活动，希望能有个好的结果。"

父子两个就这样不紧不慢，于有一句无一句的闲聊中，把一个有关家庭发展和延续的问题就落实好了。

四个月后，秦保安进了大华毛巾厂，那可是邘城数一数二的大厂子，有一千多职工呢。能把儿子安排到这样的厂子工作，秦保安的爸爸也是费了周折的。

秦保安不是去车间一线当工人，他的工作岗位是在厂大门口的传达室，三人轮岗。那时候，还没有保安这个称呼，叫门卫。厂领导说，这个岗位很重要，不是简单的开门关门，收收报纸，送送信件，最关键的是要做好保卫工作，同时还肩负整个厂子的治安安全使命。每天下班时间，还要负责做好监督工作，绝对不能允许职工有夹带产品的现象发生。所以，这个岗位的在职人员不但要求素质高，政治觉悟高，还要拥有良好的体格，这些，秦保安都具备了。

那些年里，秦保安和保全享受了生命里最美好的一段时光。他们娶妻生子、按时上班，准点下班，小孩子逐年长大。每逢周末的家庭聚会，欢笑声常常漾出小院子，传到东邻西舍，让人心生羡慕。

在秦保安和保全的心里就觉得这样的日子是如此的美好，每个日出日落，跟花园里的花朵一样，自然又有芬芳，四季循环，周而复始，自己一家人，父慈子孝，其乐融融。

他们哪里能想得到，这样的现世安稳，静好岁月，也存有潜在的危险呢？好比草原上欢快觅食的小鹿，丝毫不曾察觉丛林中窥伺的豹子。这只现实生活中的豹子就是一个叫作"下岗"的新物种。

先是保全被"停薪留职"，后来是被买断工龄，再后来保全的媳妇梁冬也被单位裁员……

就在秦保安还为保全担心的时候，"下岗"好比一记闷棍直接砸到了他自己的身上。

这么多年下来，"以厂为家"早已根深蒂固地植根于秦保安的脑海中了，这一下子告诉他，厂子没了，厂子不要他了。

当然这些还不是主要的，最最重要的，人家告诉他，月月赖以维持家庭开销的工资，从下个月开始，没了。

秦保安首先想到的是，女儿要读书，妻子要治病。这没了工资，不是让巧妇做无米之炊嘛？

那一段时间，无论是主流媒体，还是坊间的道听途说，形形色色的故事，正面的，负面的，都是一抓一大把。可这又能怎么样呢？你能不吃饭吗？女儿能不读书吗？妻子能不去看病吗？不能，都不能！秦保安知道，千钧担子现在都压在自己一个人的身上，如果自己垮了，这个家，也便跟着垮了。

万般无奈之际，保全和梁冬先是去菜市场卖菜，不行。他们又去做夜市大排档，无数个寒冷的夜晚，夫妻俩守在清冷的路口，每一位过往的路人，都能给他俩带来希望，常常也是失望。而在雨雪天气，则只能望天兴叹。夏天里，境况稍微好一点，休闲、乘凉的人多些，收入相应还可观，可是蚊虫叮咬，长久熬夜，对于从小到大都娇生惯养的保全来说，也是一个不小的挑战，最终不得不放弃这个营生。后来，还是仰仗亲戚指路，他们在曲江小商品市场盘了片铺面，经营小百货，虽说也是日日操劳，终究是风不吹头，雨不打脸，安生多了。

比较起来，秦保安就困顿多了，保全里里外外还有梁冬帮衬，最起码，也是个精神支柱，夫妻携手，患难真情。秦保安没有，他只能孤军作战。女儿读书要照顾，妻子的病情日渐加重，身边也离不开个人，最难堪的是自己一无长处啊？静下心来细想想，拥有一技之长，原来也是如此美好的事情。现在，唯一能抬得上桌面的，也就是自己150多斤的肉身，还算有些力气吧。

秦保安最先应聘到一家物流公司的仓库做装卸工。每天就是跟一些大大小小的包裹打交道，小的还好说，一些大的，甚至接近200斤重的物件对秦保安来说，就是个噩梦，没人帮你，完全靠你自己装卸。那时候，妻子还能下床行走，部分生活尚能自理。早上，该准备的家务事秦保安都给妻子准备妥当，让她午饭能够自己安排。妻子体谅丈夫的辛苦，有时候就想把晚饭也备下了，让丈夫一到家，就能吃到热汤热水。是的，下班回到家，秦保安常常都是近乎累瘫了的，以当时的情况看，自己最想做的就是能泡个热水澡，然后躺到床上去，美美地睡一觉。可是他不能，有时候看到妻子准备好的饭菜，秦保安常常私下抹泪，妻子的病情不可能有好转的迹象，只会逐渐的加重。这是医生说的。长期的类风湿性关节炎折磨着妻子，眼下，她手足的部分关节已有变形的迹象。秦保安又怎能忍心让她再给自己烧饭呢？

一样，妻子看到下班回家的丈夫疲惫的样子，也是心有不忍，但又能怎样呢？心有余而力不足啊。在条件允许的情况下，给丈夫备下饭菜，可能算得上是最好的表达了。

女儿不忍心爸爸如此辛劳，就给爸爸出了个主意，她让秦保安去申领一个旅游观光三轮车夫的名额。这样的话，首先不用像现在这样出苦力，还有就是时间上比较自由，可以自己支配。另外从收入的角度来讲，肯定也会超过那个做装卸工的工作。

因为各方面条件都符合规定，事情办起来比想象的要顺利。在参加了几次旅游局及客运管理处联合举办的客运从业人员短期培训班后，秦保安就上岗了。这活儿对他来说真的不难，土生土长的邡城人，大街小巷，哪儿不熟呢？再说了，培训课上讲解的一些景点知识，也都是耳熟能详的，只不过是更具体点罢了，秦保安听得认真，实际操作起来，顺手。

4

女儿秦好是秦保安的骄傲。

从小学到高中，她的学习成绩在年级里一直都是数一数二的。读小学的时候，秦保安还能给女儿适当做些辅导，进入初中后，秦保安是一点儿都帮不上忙了，一些家庭条件好的孩子差不多都在校外报了辅导班，秦保安也曾间接试探过女儿。女儿自然知道家庭生活状况，她肯定不愿意给爸爸增加负担，她不止一次给秦保安说，这个不用您操心哦，学校里的老师对自己特别关照，老师说了，他们办公室的大门随时都是为她敞开的。再说了，自己跟同学的关系都很好，那些在校外参加辅导班的同学，也常常拿试卷给她做，这不是很美的事嘛，不用花钱，一样得到辅导呢？

每次听到这些，秦保安心里都是酸酸的，但也欣慰至极。女儿的刻苦与努力，秦保安都看在眼里。那时候，通常秦保安都是早出晚归的，一大早起来出车，女儿的房间里通常都是亮着灯的，那是女儿趴在被窝里读书呢。而晚上，秦保安到家一般都是很晚了，许多次，秦保安看到女儿枕着书本睡着了，床头灯依然亮着。他会蹑手蹑脚地进去，想替女儿关灯，却又会把女儿惊醒。抬头看到爸爸，女儿会嘟哝句"我怎么就睡着了呢"。秦保安又能说些什么呢？更多的时候只有一句话，"困了，就早点儿睡吧。"然后轻轻地退出房间，那个时候，秦保安的眼角常常是湿润的。

女儿参加高考的三天里，秦保安没有出车，全心做好女儿的后勤保障工作。考完最后一门科目，秦保安去接女儿。那么多的孩子涌出校门，门口周边又聚集了众多的家长，显得格外乱杂。接上女儿后，秦保安骑车左冲右突，几度紧踩三轮车铃踏，在一片汽车喇叭及电瓶车喇叭声中，小线锤敲出的铃声，清脆、急促又透着欢乐气。

秦保安回头问女儿，自己用这样的座驾来接未来的大学生，是不是有点儿寒碜？

女儿咯咯地笑。说这座驾好啊，有格格出宫的味呢。

女儿一句话就感染了秦保安。其实，在学校门口的时候，秦保安就从女儿的脸上读出了从容和自信，秦保安知道，对于自己在考场上的表现，女儿肯定是满意的，这也正是秦保安想要的结果。那一刻，秦保安真想放声大唱，可一时又找不到合适的词，最后，脱口而出的竟是：歪歪歪……格格回宫喽……

秦好没有在家吃晚饭，她告诉爸爸妈妈，今晚跟几位要好的同学约好了，要出去彻底放松放松，从明天开始，要出去找工作，开始打工，她要自己挣学费、生活费，要自己挣钱买手机、买电脑……

四年大学期间，秦好几乎没有伸手跟家里要过钱。每一个寒暑假，她都坚持打工，加上奖学金，每学年下来竟然还略有盈余。

大三的下学期，秦好开始着手准备考研。那时也正是秦保安最感痛心的时候。妻子的类风湿关节炎病情到了晚期，临床检测显示她的关节功能达到Ⅳ级，关节结构大部分遭到破坏，基本丧失了活动能力，说白了，就是从那时候开始，秦保安的妻子只能卧床或者通过轮椅的辅助才能行走了。医生说的太多专业性术语秦保安记不下来，也听不懂，但有一句话秦保安是听清楚了，也深深印在脑海中了。医生说，病人如果长期卧床的话，有可能会导致合并感染，若是消化道再出血，心、肺或者是肾脏发生病变，会危及病人的生命。

按理说，在这样的非常情况下，秦好应该盼望着早点儿毕业，早早找份工作，来替爸爸分忧。但她有自己的构想。她告诉秦保安，因为自己所学的专业是机械制造，毕业后的就业前景非常不乐观，所以她想努力一下，争取考上上海同济大学的研究生。如果能如愿，她和爸爸都再苦几年，终会有苦尽甘来的一天。

也是天遂人愿，秦好被同济大学录取了。更开心的事还在后面，她申请到了CSC国家公派留学的名额，是曾被爱因斯坦推崇的非常著名的理工学院——德国达姆施塔特工业大学。

女儿的优秀自然也是秦保安日常的说辞，他身边几位铁哥们同行，对秦好诸如大学毕业、拿了多少奖学金、考上了研究生，还有出国等等都了解到无以复加的地步。

当然，这些都是秦保安跟他们闲聊、小聚的时候说出来的。

但有一次小聚，秦保安没有聊他的女儿，后来想想，当时应该是还没来得及聊起这个话题吧。

那是个大雪天，生意清淡，几个人本来是聚一起避雪的，后来大老孙就提议去三锅演义吃火锅。说这么冷的天，鬼人不见一个，还不如去喝一口暖暖身子。王胡子和徐五马上表示赞成，三人这一撺掇，秦保安就不好推辞。

四人找地方停好车，又去路边的小超市买了两瓶牛栏山，就趔进了三锅演义火锅店。

一向木讷的王胡子三两酒下肚，话倒多了起来，他问大老孙和徐五知不知道这些年秦保安他都跟啥打交道了？

大老孙和徐五还以为王胡子掌握了秦保安啥小秘密呢，催他快点儿说出来。秦保安是一头的雾水，拿眼直勾勾地看王胡子，不知道他葫芦里卖的啥药。

王胡子又喝了口酒，伸筷子到锅里搛了只鹌鹑蛋塞到嘴里，三嚼两嚼就咽了下去，然后把筷子举到空中，舞着筷子说："照顾。是照顾！保安这些年都是跟'照顾'这俩字打交道的啊。"

你们看，他要照顾老妈妈，要照顾女儿，还要照顾老婆，就是没个人照顾他自己。因为这，咱们的小聚他才参加的少嘛。咱哥几个下班回家，总还有个热汤热水吧，他秦保安没有。都说男人苦，男人累，我看就咱保安最苦、最累。今个啊，我提议，咱哥几个就照顾一回保安，让他也尝尝被人照顾的滋味。还有哦，这回小聚，也甭要他 AA 制了，喝酒钱咱哥仨出，那点儿小钱，算是给他家秦好加道小菜吧。

听了王胡子一番话，秦保安端着酒杯的手抖了抖，酒水洒落的同时，他的眼泪也稀里糊涂地下来了。

背着妻子在医院的楼层间穿梭、在收费处缴费的时候，在大雨中送客、在骄阳下一边擦汗，一边喝大水杯里自带的茶水的时候，秦保安没有哭过，在给痴傻的妈妈梳头的时候、在一次次看着女儿独自远行的时候，秦保安没有哭过，可是此刻，王胡子酒后这么随意一说，字字句句，却都砸到了秦保安的疼处，困顿、迷茫、操劳、无助、数不清的累，就像决堤的河水，随着王胡子的一番话一起倾泻过来，秦保安再也控制不住自己的情感，那些泪水，被压抑了太久、太久。

在外人看来，秦保安是压不垮的、是坚强的、是乐观的，生命中那么多的沟沟坎坎，没人见他皱过眉头。无论寒冬还是酷暑，有秦保安三轮车铃声的地方，就有他的笑声。他没日没夜都在忙碌，他就是一棵树，他要供亲人依靠，他要给亲人支起一片活下去的蓝天。

5

过了腊八就是年。这都腊月初九了，眼瞅着年的脚步越来越近，秦保安忽然特想女儿。想和女儿说说话，公派留学一年，期间是不允许回国的，注定女儿只能一个人孤单的在国外过年了。从小到大，这可是头一回一家三口不能在一起过春节。入神的人容易出错，秦保安差点儿就忘记女儿关照过的，德国和这边是有时差的，七个小时呢。整个上午，自己在街上跑的时候，女儿那边还是后半夜，咋说话呢。

伺候妻子吃过午饭，安顿她躺到床上后，秦保安决定去双井巷。昨晚梁冬电话里说，妈妈这两天精神头有点儿差，给量了体温，也没有发烧的迹象。秦保安答应今天中午过去看看。

给妈妈梳头的时候，秦保安忽然就想到女儿发的那个《木梳》，秦保安不懂得诗文，但细读读，却觉得有嚼劲，好比多年的陈酿，越是慢品，越是余味悠长。当然，秦保安也想到了女儿写在括号里的字，女儿让他抽空也给她妈妈梳次头。

一念至此，秦保安心里就有了自己的想法。给妈妈梳完头后，他没有把那把檀木梳子像往常那样放回妈妈的梳妆盒里，而是顺进自己外套口袋里了。

离开双井巷，秦保安直接抄近道回了家。

看到秦保安去而复返，妻子有点儿奇怪。就问保安今个是咋的啦。

秦保安先是咧着嘴笑，然后从口袋里掏出那把檀木梳子说，我回来给你梳头。

见妻子依然疑惑不解，秦保安就接着说，您闺女有意见了，责怪我只知道给自己的妈妈梳头，怎么就不能给她妈妈梳一次头呢。今天不单要给你梳头，难得这么好的太阳，又没有风，我还要带你出去兜兜风呢。医生不也是交代了嘛，要多活动，咱不能老是只在这巴掌大的小区里转悠吧。再说了，往常，都是我先在外面给客人介绍一路的景致，然后回来说给你听，今天我要让你做我的客人，让你坐在我的三轮车上，咱去看那些新建的小公园、市民广场，咱去看大水湾的巨型飞天雕塑，去看即将完工的南部快速通道……

给妻子梳好头，秦保安先找了一条厚毛毯，铺到三轮车的后座上，然后给妻子穿棉鞋，加外套，围围巾，最后，又找了条厚实的毛巾被裹住妻子的腿。一切安排妥当，秦保安这才抱起妻子出了大门。

把妻子稳妥的安置好，秦保安没忘记返回屋朝大茶杯里续些热水，看看手机，是下午的 2 点 40 分，想想这会女儿肯定是起床了。秦保安打开微信，给女儿发了条语音，告诉女儿，爸爸正带着妈妈开启新城半日游。

出小区大门，上盐阜路，向西没多远，弯上国庆路，一直向南，也就是十分钟的光景，就到了辕门桥，桥是拱形的，爬坡的时候，秦保安听到手机上有微信消息进来，他知道一定是女儿发来的。

到了桥顶，秦保安把车滑到路边停下来，先压了手刹，然后掏出手机看消息。果然是女儿发来的语音。女儿说：真巧啊，今天学院组织留学生去临近的法兰克福城游玩，那是莱茵河畔一座美丽的城市，河岸两边还有好多旧城堡遗址，回头我会拍图片给爸爸妈妈看。

秦保安给女儿回了一条，说：那好吧，咱就各自欢起来，记得多拍些外国的风景照发过来，晚点儿时候，我跟你妈妈一起看。

发了语音，秦保安松下手刹，一边踩脚踏起步，一边扭头给妻子说："老婆，你可要坐稳喽，咱这大下坡，要加速啦！"

　　说话间，三轮车越跑越快，秦保安左脚就留在脚踏上，右脚抬起去踩铃踏，铃踏连着拉杆，拉低了滚轴，和前轮就挤到一块了。飞快的前轮带动滚轴同样飞速的朝反方向转动，滚轴身上的小线锤雨点般击打着车轮上方的铃筒，清脆悦耳的叮当声，在蓝天白云下，在冬日的暖阳里，绵延不绝……

甘泉路

1

从狭长、幽深的兵马司巷走出来，迎头便是著名的商业一条街——甘泉路，那情形总给人豁然开朗的感觉。可此刻，秦保安的心情一丁点儿都不开朗，不单单是不开朗，简直是窝着一肚子的火。

自小在兵马司巷长大，对甘泉路，秦保安那真是太熟悉不过了。那时候，一出兵马司巷，路就宽阔了，秦保安就可以飞起来了。当然不是长着翅膀那样的飞，是飞跑。是跑到距离兵马司巷不远的史巷，去找阮西联一起上学。有时候也会是阮西联飞跑到兵马司巷喊秦保安。史巷虽说不似兵马司巷那样逼仄，但也阔不到哪里去，迎面两个人行走，有一个人一定是要侧着身子的。秦保安和阮西联喜欢把钻巷子说成是钻地道，这样的想法自然是得益于电影《地道战》。出了巷子，在甘泉路上奔跑，那儿就是平原了，有一部电影就叫《平原游击队》，秦保安跟阮西联一块儿不知道看了多少遍。

当初甘泉路好像还不叫商业街，它更像是一个集市，有卖针头线脑的，有卖小鞋小袜的，也有卖烧饼油条豆浆类的早点的，差不多每天早晨都有人在家门口引煤球炉子，煤烟一会儿直一会儿弯，老阿婆也或是老爷爷还会拿一把旧芭蕉扇，呼哧呼哧地扇风。偶尔炉烟会从进风口倒出来，那样一定会呛着摇芭蕉扇的阿婆或者老爷爷，接下来便是好一阵子咳嗽。

一年里有好多天，秦保安和阮西联都要走过大半个甘泉路，然后弯上粉妆巷，去南门街小学上学。

甘泉路好像是一夜之间开始热闹起来了。许多人家的门脸都被扒开了，增宽了。叫什么破墙开店。通常都不是住户人家开店，是租给其他人用，住家只管拿房租。

那时候秦保安和阮西联已经读高中了。高中的学校跟南门街小学正好是个反方向，一个在他们家的西南向，一个在东北角。这样，秦保安和阮西联就开始走另一半的甘泉路去上学。其实他们已经不是真的走了，是骑自行车，早出晚归，正好错过了甘泉路上最热闹的时候。若是星期天出去玩，自然比出门上学要晚得多，骑行在甘泉路上，那是要格外小心的。有一次秦保安骑车稍微快了点儿，就碰到了一位大姐姐，自行车前叉溢出的油渍，抹脏了大姐姐的花格子裙子，幸亏大姐姐心善，没有责怪秦保安，不然，只怕又要被爸妈责骂了。

高中毕业后，阮西联进了路灯管理处，秦保安则进了大华毛巾厂。大华毛巾厂是个大厂，有一千多名职工，能进这样的厂子工作是许多年轻人梦寐以求的事。阮西联在路灯管理处比较自在，相对清闲，收入却比秦保安逊色不少，阮西联常常就会揩秦保安的油，吃个早餐，夜市大排档小聚，抑或偶尔弄包瘦西湖牌香烟。秦保安从来都不恼，秦保安觉得比起兄弟情谊，那点儿小钱太微不足道了。再有，现实的生活给足了秦保安的幸福感。体面的工作，稳定的收入，小城不紧不慢的生活，大有隐于桃花源、不知有汉、无论魏晋之感。再有，秦保安恋爱了，女孩子是商城的营业员。工作之余，秦保安除了和阮西联见面，就是约会女朋友，小日子如此的充实，岁月这般美好。秦保安睡梦里都是带着笑意的。

也有不尽如人意的地方，那就是阮西联结婚后搬离了史巷，只有在星期天才回来跟爸妈聚餐。可星期天通常都是秦保安和女朋友相约的时候，阮西联就笑秦保安重色轻友。秦保安则说你小子现在已经抱得美人归，哥哥可是革命尚未成功，同志仍需努力，不得已而为之啊。

秦保安结婚的时候，阮西联在管理处已经是班组长了，好像也就是从那时候开始，城市基础建设频繁，阮西联之前的清闲则不复存在了。秦保安上班，那是固定的八小时，按部就班，每一个日子都似乎是透明的。可阮西联不一样，抢修、加班、工程突击、黑白颠倒，那是常有的活儿。有多少次秦保安给阮西联电话，想约小聚。值班人员都是老一句：阮西联出外勤！硬邦邦的六个字，干净利索地通过电话线砸过来。

不过有一点算是比较固定，那就是周日阮西联陪父母吃饭。除非是万难脱身的情况下有个例外，这每周陪父母吃饭对于阮西联来说是雷打不动的。秦保安偶尔会在周日吃饭的点去史巷见阮西联，有时候还会在那蹭一顿。这时候，阮西联的爸爸一般都会拿出一瓶好酒，爷儿仁小斟几杯。那样的场景每每都会让秦保安有未饮先微醺的感觉，恍若回到了他和阮西联一起在南门街小学读书时光，那时候秦保安和阮西联彼此在对方家里留饭，是常有的事。

阮西联晋级当科长的时候，正是秦保安最恓惶的时候。

一切事物的发生都是有苗头的。这种苗头几年前就在秦保安的生活中潜滋暗长了。

风光了三十多年的大华毛巾厂效益一直都在滑坡。才工作的那阵子，因为秦保安的工资比阮西联高，阮西联隔三岔五的还会揩秦保安的油。可是风水轮流转，也就是十年光景，情况就颠了个过，阮西联的工资是蹭蹭的朝上升，而秦保安最困顿的时候竟然是三个月没领到工资。接下来，就有人被裁员、去职留薪，到最后，大华毛巾厂这座大厦轰然倒塌，一时间，秦保安成了无业游民。

这一年是 1998 年，那个夏日格外炎热，蝉鸣的聒噪常常让秦保安食不甘味，无论是走过兵马司巷还是路过史巷，都有前所未有的压抑感，巷两边高耸的老砖墙就像是裹粽子的粽箬，自己则是粽箬束裹下小小的肉身。这一年，阮西联在新开张的罗城商厦购买了最新的一款摩托罗拉翻盖手机，秦保安的 BB 机，也是摩托罗拉牌子的，依然在用。

2

　　失去工作的秦保安和当了科长的阮西联忽然都有了可供自己支配的时间，他们又可以经常小聚了。只是，秦保安每每都有些垂头丧气。而阮西联呢，则总是在给秦保安鼓劲儿，帮他想策略。有时候，前面明明现出了曙光，可最终，又黯淡了下去。看着秦保安由最初的满心希冀到最后再一次希望破灭，阮西联都会心痛不已。有时候阮西联就想，宁愿是自己跟秦保安颠倒过来，他来做科长，自己做那个下岗工人，心里或许会好过些。

　　事情的转机出现在那晚他俩一起在毓贤街吃火锅。史巷朝南出口是甘泉路，而一路蜿蜒向北，则有点儿像从蛇尾走向蛇的腰身，巷子渐次宽敞了，直至走到北巷口，就连上了毓贤街。毓贤街虽没有甘泉路宽阔，其热闹程度却丝毫不逊甘泉路。有些不同的是甘泉路主营服装鞋帽类商品，毓贤街则主打餐饮，其中又以火锅为重，时人称之为火锅一条街。名义上说是街，其实也就是在阔不盈丈，长不足两百米的一节生活区里，差不多每户人家都相互效仿破墙为店，并且清一色经营火锅营生。逐渐还真开出了名气，每晚华灯初上，火锅一条街则人头攒动，不少店家的桌位都不够用，常常要几度翻台。

　　秦保安情绪欠佳，肯定是两耳不闻身边事，就是吃菜喝酒，有一句没一句的跟阮西联搭话。阮西联可不同，邻桌三名女子的闲聊几乎一句也没落下，都被阮西联记在了心间。

　　本来也是无心之举。但是，当阮西联听到其中一名女子说及甘泉路生意时候，一下子多了个心眼，便留意起来。从头到结束，除了最初听到甘泉路字样的时候阮西联回了次头，一直到那三名女子离开火锅店，阮西联跟她们都是相背而坐，她们根本想不到邻桌的男子会一直在刻意偷听她们的谈话。

三名女子离开火锅店之后，阮西联在心里捋了捋偷听来的内容。她们仨中有一对是表姊妹，表姐是甘泉路上一家服装店店主，表妹是雇员。另一名女子也是做生意的，好像是在东区的某个小商品批发市场做塑品批发。估计是关系比较铁，而所做的营生又不同，不存在行业竞争和顾忌吧。她们的聊天触及生意及收入方面都格外的坦诚，特别是甘泉路的那个店主，她说出来的月收入，让阮西联格外的震颤。不要说他一个科长，就是他们管理处一把手的工资也难望其项背，那可是副处级的干部啊。

也就是在那一刻，阮西联有了个想法，那是为秦保安想的。

有些机缘的到来就如同日出日落，再自然不过了。

几天前，阮西联去大伯家小坐，大伯告诉他准备搬离甘泉路了。

和好多的老城居民一样，阮西联的大伯喜欢老城区的烟火味，照他们的话说，叫接地气。他们不愿意去住鸽子楼，门对门的，都几乎不来往，遛个弯还得爬高上低的。从小住惯了的甘泉路多好，早晚小秦淮河边散步，去临近的茶社吃早点，到烧地龙的老浴室泡热水澡，这是半辈子的享受呢，割舍不了。只是这两年大伯越来越受不了甘泉路的吵了。那样的喧嚣，不是一时半刻的，是长久的，足以用永无宁日来形容。是的，大伯的话阮西联不是相信，是有切身体会。比起自己和秦保安读高中时，甘泉路又是一重模样。眼下，甘泉路确确实实成长为一条繁华的商业街了，服装、鞋帽、小商品，像大伯家这样有足够的场地，又临街，却依然作为住家的早已稀少了。这几年也不知道有多少人垂涎这地方，上门协商求租，都被大伯给拒绝了。现在，一者因为那份繁华衍生的不便，再有，正好前段时间孙子也读完了小学，再也不需要他们老两口就近接送照顾了，儿子体谅父母年岁大了，爬楼不方便，特意在相邻的小区给买了套一楼带院子的小户，也算得上是接地气的住所吧。

初听大伯的言语阮西联是没有放在心上的，这样的变化，也算是情理之中，是一种趋势。阮西联当时还为大伯的转变说好，说大伯早该这样了。阮西联还跟大伯说：这个世界是变化的，而且是不停的在变，有时候，你的想法都不一定能跟得上这世界变化的脚步，日新月异的当下，是要我们在万变中临变不惧，不断地去磨合、适应、坦然相随。

当阮西联听到邻桌三女子说及甘泉路生意的时候，脑中便灵光一闪，马上想到了大伯要搬家的事。两者交集，那不是眼下正困顿的秦保安的出路吗？正好秦保安的媳妇是营业员出身，所在的商城虽说还在苦苦支撑，但那份工作真的如同鸡肋，食之无味，弃之可惜。

阮西联向前探了探身子，把这想法给秦保安说的时候，当时秦保安正在火锅里捞一枚鹌鹑蛋，几次努力，终于顺利地把鹌鹑蛋揉起，听到阮西联的说辞，秦保安微微一怔。说：

"什么？开店？"

悬在半空的那枚鹌鹑蛋瞬间挣脱了两根筷子的束裹，"啪"

的一声重新回到了火锅里，溅起的汤汁落到阮西联的白衬衣上，洇出好几处渍迹，紫艳艳的红，格外扎眼。

秦保安是第一个跟妻子商量阮西联的想法的。妻子稍微沉思了一会儿，说出了至关重要的一句：

"我觉得可行。"

妻子的意思是秦保安虽说有多年工龄，但一没文凭二没技术，想重新找一份理想的工作只怕是比登天还难，这做生意，不失为一个明智的选择。再说自己一直都是从事营业员工作，熟门熟路。而且更为重要的是，眼下看样子自己这份工作也是朝不保夕，还是早作打算的好，省得等问题砸到头上了，再和秦保安一样慌乱彷徨，无计可施。

第二天秦保安把想开店的想法跟父母说了。父母虽说有担忧，但最终还是明确了态度，那就是支持，不单单是精神面的，资金上也愿意拿出积蓄给他们做本金。

一家人统一了口径，秦保安就去找阮西联。有阮西联出面，一应租房事宜自然是顺顺当当。接下来房屋改造、店面设计装修差不多也都是阮西联出力的多，也就是两个月的光景吧，秦保安的店铺便开门迎客了。门店专营裤子，名字就叫"裤子大王"。作为新店开张贺礼，阮西联特意请单位的一把手给题了招牌，字体是隶书，方方正正的，秦保安说好看，往后咱无论是做人，还是做生意，都这样，堂堂正正的。

秦保安的妻子也狠下心意，从单位退了出来，专心到自己的店铺做营业员。秦保安还给阮西联说，自己现在是破釜沉舟，孤注一掷了。

3

多年之后，每每说到这段往事，秦保安都是心意旖旎。从一开始的慌乱、懵懂及担忧，到后来的得心应手，这一路走来，阮西联始终都站在自己的背后，是智囊，也是精神支柱。裤子大王走上正轨后，秦保安和阮西联的收入状况又回到了他们才工作时候的境况。但阮西联从来不居功，他还说，自己好歹是个大科长，可不能再厚着脸皮揩你秦老板的油了。

那些年，城市扩张的厉害，楼房盖到哪里，路灯管线就得铺到哪儿。不单单是新城，老城区诸如维护改造、管线下地、灯管升级也是纷扰不断，阮西联勤恳做事，踏实为人。可是，在科长的位置上原地踏步了十年，任凭自己怎般努力，眼见也是升迁无望。一时间阮西联就有些心灰意冷，只要是得了空闲，自然多是跟秦保安黏在一起。

裤子大王才开张那两年，秦保安和妻子是过了一阵子苦巴日子。装修店铺，预交房租，进货资金，哪里不需用钱呢？秦保安真恨不得把一个钱掰成两半来用。苦一点儿，省一点儿那是自然的。后来生意日渐红火，秦保安就跟妻子商量，请了两名店员，上下午轮班。一开始说的是夫妻俩也轮班的，到最后，差不多就是把秦保安自己解放出来了，悠闲地做起了甩手掌柜。

当初改变住房架构装修店铺的时候，秦保安特意保留了一个小单间没有完全打通，当时的意思是留着可以做一个小储藏间，或者日后看店的时候累了，铺张折叠床就成了休息室。赚了钱后，秦保安直接改变了主意，稍事收拾，小单间被打理成了茶室。电磁炉、茶海、茶壶、茶杯、茶碗，一应茶具备了个齐全，熟普、生普也是多有储存。说实话，对于所谓的茶道秦保安丁点儿都不懂，也不感兴趣。秦保安所能言及的不过是龙井、铁观音、碧螺春、茉莉、毛尖啥的，一开始对于白茶，秦保安都不甚了解。平时喝茶，也就是整个玻璃杯，地方上的绿杨春来一撮，最好。直到喝得茶味淡了，再重新来一撮。秦保安之所以要整这些，主要还是因为阮西联，就连茶室的布置，也都是阮西联做的现场指导，他秦保安哪里懂得什么茶海、斗笠杯啥的呢。

阮西联好茶道，特别是普洱，那是他的最爱。

也算是近朱者赤吧。在阮西联潜移默化的影响下，秦保安从最初的不习惯到后来完全接受了普洱，当然开始的时候他们喝的都是熟普。后来阮西联还特意让秦保安尝试着喝生普，阮西联说，普洱茶喝到一定程度，是要朝生普转移的，去体味那种初入口的苦涩及稍后的回甘与生津。秦保安找不到这种感觉，所以到最后也没有被阮西联完全同化，他只喝熟普。单是从茶汤的色泽上，秦保安都更愿意选择熟普。秦保安觉得明亮、红褐色的熟普茶汤本身就透着喜庆色。阮西联还曾为秦保安的这个说辞而嘲笑过他商人气息浓郁。

有那么一阵子，普洱茶价格涨的厉害，阮西联就跟秦保安说，以后就不用再计较什么条索不条索的了，咱就喝老叶黄金片吧。那种老而弥坚的韧道，煮着喝，一样有味。当然有时候阮西联也会带上几饼丢在茶室，秦保安多半都会撂了脸色，说喝点儿茶水哥哥还管得起啊。

苹果智能手机登陆小城的时候，秦保安私自定了两部，在一次喝茶的时候，秦保安取出来交给了阮西联。

阮西联清楚这是专门为他买的，也便没有推辞，只是笑着说幸亏自己不是高官，也不在什么要职，要不然，这手机是万万不敢收的。

除了喝茶，阮西联还常会约了秦保安一起去钓鱼，这和当初两个毛头小伙子夜晚去花钱买醉早已是两重境界了。

钓鱼的地点一般都会选择在城北的北湖，偶尔也会稍微再跑远一点儿，到邵伯湖。

远离城市喧嚣，在一片湖光水色中等君上钩，那真的是一份享受。这话是阮西联说的，但秦保安认可，而且丝毫不保留其他看法。

每次车一出城，秦保安就会露出小兴奋，话也会明显地多些。照阮西联的话说，好比是酒后的小张狂。或许是日常居家及守店的束缚所致吧，喝茶呢，需要的则是一份宁静，而这样的出行不同，是放松，也是放飞，田畴、庄稼、行道树渐次闪过，随着季节的不同，无论是萧条抑或是葳蕤，都没关系，在秦保安心间都如云飞过，都如鸟翔蓝天，恣意得很。

到达目的地，置身于湖边，风轻云淡，远方云水相连，近处湖鸟翱翔，偶尔会有小渔船穿行，秦保安的心是澄明的，而阮西联呢，应该是除了澄明之外，还有安静。所以每次钓鱼都是阮西联斩获颇丰，秦保安可就不同了，阮西联喜欢用惨不忍睹来形容秦保安的战绩，秦保安才不在意这些。

阮西联祖上出过朝廷一品大员，他这一支属于庶出，尽管后辈再无才俊，家道却也不算完全没落，文化气息始终都在家族中延续着。也正是基于这点，秦保安常说他一定是继承了祖上的一部分基因，所以才跟琴棋书画茶都粘连着，可惜不精，只是有点儿藕断丝连的意思吧，如果全继承了，那就不会只是一个寻常的小小科长了，说不准能做到文章太守呢。

阮西联听得嘿嘿笑，说然也。

秦保安多和阮西联交游，自然就常会误了自己当值店面的时间，妻子就会说秦保安喜欢去野，但也就是嘴上说说而已，从来不曾含有怨怼的成分。不说嫁入秦家之后了，就是在跟秦保安恋爱期间，她也是知道秦保安和阮西联的情谊的。而最为关键的是，秦保安妻子是清楚他哥俩在一起的勾当，比起身边那些赚了点钱就得意忘形，就去吃喝嫖赌，甚至去吸食毒品的角色，自己的男人不晓得好到哪里去了，怎么还会有怨怼呢？

4

对于更多的新生事物，秦保安都是后知后觉的。

像微信、支付宝，直到出现了好长时间，大家都用的铺天盖地了，秦保安才在女儿的帮助下，下载、安装，并且教会他使用。

用了之后，秦保安一个劲说好。特别是这个微信，直接就是早年间传说的可视电话嘛。之所以归类于传说，因为只是听说过，不要说用了，就算是看，秦保安都没有看见过。同时，那个收付款功能，也是真的方便，秦保安还曾说笑过，这下可好了，小偷看来是要失业了。大家都不带现金，皮夹子都不用带了呢，小偷到哪里去下手？

秦保安就喜欢用简单的好与坏来区分寻常的事物。那么多的新生事物，有好，自然也就有坏，就像他夸不尽微信、支付宝的好一样，秦保安对那些快递、淘宝啥的，就非常的不感冒，而至于再朝后出现的一些短视频平台，秦保安觉得都可以用恶俗来归类，一些青少年以及更多的中年妇女陶醉其中，跟抽了鸦片并无二致。

妻子除了对于网上购物和秦保安存有异议之外，对于那些所谓的小视频、插科打诨啥的也表现出深恶痛绝的姿态，妻子还说，她也承认那些娱乐软件中也不乏好的东西，但给个"良莠不齐"的评语都不太合适，因为"良"是属于凤毛麟角，而"莠"已接近是普遍现象了。当然了，对于微信、支付宝，妻子的观点和秦保安是一致的，而且比秦保安用的要早得多。一开始，妻子也是看着别人家店铺用的新鲜，赶紧咨询，然后依照葫芦画个瓢，请附近的文印店打印出收款码，不想这一用着用着，就成了一种时尚和必然。

人说开店容易守店难，也是因了这个缘故，逛街对于秦保安妻子来说是奢侈的。通过网络购物平台购买一些小物件也是再自然不过的事情，像自己用的化妆品、家里的日用品、偶尔也会买些鞋啊袜的。但妻子绝对不是那种所谓的"剁手党"类人物，对于网民趋之若鹜的购物节，她不会去凑热闹。在商懂商，她知道，卖家的精明永远都要胜过买家。

无论如何，秦保安和妻子都不会料到，网上购物会和自己的裤子大王店扯上关联，并且还带来一场说大不大，说小不小的纠纷。

事情的起因很简单，不过是因为一条牛仔裤而已。

头天晚上临近打烊时分，一对夫妻在店里买了一条男式牛仔裤，当时店里的员工已经先行下班了，秦保安的妻子在拖地，准备打烊，本来就是收摊的买卖，秦保安的妻子也没太当回事。最后，一条品牌牛仔裤以标签价八五折成交，算下来还有点儿零头，秦保安的妻子也没有收，只收了 280 元的整数。然后钱货两清，算得上皆大欢喜吧。

不曾想第二天午后，那客人又来店里了。这次不是夫妻俩，男人没来，换成了一名有些妖冶的女子。秦保安的妻子特意瞟了一眼。眼见那女子眉是文过的，唇上涂了很浓的口红，面上有很重的粉底，两腮堆了不少的肉，一看就知道不是什么善茬。

一通说道，秦保安妻子才明白，问题果然就出在那一脸横肉的女子身上。

这女子跟购物的夫妻住门对门。上午看到那男人穿了新买的牛仔裤，竟然跟她在网上购买的是同款。女人在一起就是话痨，而价格自然更是一定要唠叨的，这一唠叨就唠叨出接近 100 块钱的差价。横肉女子就一个劲骂店家太黑，就撺掇邻居去找个说法，还自告奋勇，要亲自陪同，这时候购物女子势如骑虎，就没有台阶可下了，事实上面对接近 100 元的差价，购物女子也是心有不甘，当场便让丈夫脱下裤子，留等午饭后去店里讨说法。人说三个女人一台戏，没想到这俩女子就活生生把一出戏给整了个开篇。

后来，在跟秦保安述说事情原委的时候，妻子一直都说，当天如果没有那名横肉女子在里面掺和，事情可能是另外一种结局。

裤子的贴牌剪掉了，也穿过了，退货自然是不可能的，适当补点儿差价，然后息事宁人，是最好不过的结果。可是偏偏在现场就有了那名一脸横肉的女子。在当天，除了推波助澜，她无疑还起到了一枚火种的作用。

后来就有了肢体冲突，推推搡搡中，穿着高跟鞋的购物女子一个趔趄，朝后倒了下去。如果她就倒在店堂里，一溜的平地，应该不会出什么问题。人后倒的时候，为了保护头部会有个非常自然的条件反射，会把头颅尽量地朝前扬，这样落地的部位一般就会以屁股和腰身为主，这俩地方肉多，脂肪厚，小摔通常都不会多严重。那天的购物女子除了时运不济，再有也该是遇人不淑吧，跟那样的人为伍，肯定会沾惹些许的晦气。购物女子跌倒的时候，后脑勺刚好磕到了摆在门边口发财树的盆沿上。

血水、泥土、碎瓷片，就这样突兀的出现在众人的眼里，店铺里有那么一瞬间的沉寂，然后是小店员的尖叫声、横肉女子的吼声以及购物女子的哀嚎声交织在一起。秦保安的妻子还算冷静，拿了条毛巾，护住了女子出血部位，一边让店员赶紧拨打120。

....

5

....

女子在医院整整住了 12 天，秦保安垫付了两万多块钱的医药费用。不料想她出院后，竟狮子大开口，索要巨额误工、营养和精神损失费用，几次商谈都是不欢而散。

派出所的意思始终都是以调解为主，希望当事双方私下解决。不过民警也说了，如果实在谈不拢，是可以走司法途径的。

那一阵子，阮西联才做过肺部手术，正在医院调养。

之前，就是偶尔的干咳及低烧，阮西联也没怎么放心上，直到有一天早晨，咳嗽带出了血迹，检查才知道是肺部出了问题，切了一小片肺叶，医生给了定心丸，疗养一段时间，就会恢复如常。

早饭后，秦保安本来是准备去医院看看阮西联的。除了想去陪陪他，秦保安还有件很棘手的事情要跟阮西联商量的，不想就在这当口，妻子电话过来，说那女子带了几个家属又去店铺里闹事，连生意都做不成了。

你说秦保安心情怎么能开朗？怎么能不恼火？

生意不好做了。这是店铺没出事前妻子到家说得比较频繁的一句话。秦保安也看得出来。曾经红火拥堵的甘泉路，比之前清静了许多。往常，寸土寸金的甘泉路，一直都是一铺难求的。现在，不少门店都挂上转让、空店招租的戗牌，而且常常是许久都无人问津。满大街的快递小哥，只能是另一面繁荣的佐证。妻子已经辞退了一名店员，看情形，另一名店员也是朝不保夕，因为有几次晚饭的时候，妻子貌似是漫不经心的唠叨过，还说到时候，就需要秦保安重新上岗了。

生意一落千丈，店铺纠纷缠身，偏偏在这个时候，房东竟然提出要抬高租金。

早先店铺租金事宜都是跟阮西联的大伯交接，去年阮西联大伯过世后，房子改由阮西联的堂哥接管，一直以来也是相安无事。这突然间大幅度的提高房租，秦保安也摸不清个中的缘由，而那一阵子又正是阮西联手术期间，秦保安也不好开口提及这事儿。事情拖了个把来月，这不，阮西联的堂哥又来电话催，说的也干脆，要么涨价，要么退租。出于无奈，秦保安就想去医院找阮西联，看他能不能跟堂哥知会知会，看还有没有斡旋的可能，毕竟眼下的状况大家都心知肚明，生意不太好做嘛。

在进店之前，秦保安特意压了压心中的怒火，也理了个顺，他知道当下吃重的事儿不是赔人家多少误工费用问题，店铺的生存才是重中之重。一念至此，就等于端正了态度，心里有了谱。到了店里，跟对方沟通也就顺畅多了。

购物女子几经折腾，又看到店主诚心让步，也便顺坡下驴，来了个了结，双方在店铺里签字画押，彼此再不相扰，而后再去派出所销了案，算是一张白纸掀了过去。

这边事儿一结束，秦保安就说要去医院看阮西联。妻子当场心生怨言，说："我都心身俱疲，你就不能先替我值值班，让我去洗个头，歇上一上午？"

"如果现在不去找阮西联，只怕过一阵子，你就要常歇了。"

秦保安轻飘飘的撂下这话。心里还暗自嘀咕，我哪里就不

疲啦？我都有点儿要疯了呢！强压着怒火跟人家谈判，可我想
骂人、想发泄啊，可表面上不还得装出风轻云淡来嘛。

听得出秦保安话里有话，妻子紧走几步，抓了秦保安一条
胳臂，问他是咋的了。

得知个中因由，秦保安妻子一连串的念叨：

"这人怎么能这样呢？这人怎么能这样呢？……"然后赶
紧把秦保安朝店外推，让他快点儿去找阮西联。

6

一个月后，裤子大王关停了。

阮西联没有说出太多的细节，只是告诉秦保安，堂哥之所
以大幅度提高房租，目的就是逼秦保安放手。因为有人相中那
门面了，据说将会和裤子大王隔壁的女子内秀店合并，打成通
连，开一家居民生活馆，是连锁型的。幕后老板财大气粗，人
家是志在必得。就算你秦保安现在接受了房租涨价，日后还会
有第二波、第三波……直至你放手。

阮西联还告诉秦保安，住院期间，自己动了许多的念想，
先是把自己的前半生像过电影胶片一样过了一遍，特别是自己
参加工作之后的经历，有时候想想，还是蛮心疼自己的。当然，
也想了未来，说简单点，就是明天怎么过活。所以，阮西联打
算自己出院后，会向单位申请病退。

摘店铺招牌时是阮西联陪秦保安一道去的。那时候店铺一

应物品早已搬空。

秦保安喊了一位做铝合金的师傅，又叫了辆熟悉的人力三轮车夫。他们俩合力卸掉招牌，抬上了三轮车，秦保安让三轮车夫把招牌送到兵马司巷 68 号。

这是晚秋一个寻常的傍晚，夕阳的余晖透着橘红色，长铺在甘泉路上，有泡桐叶子的地方，都会支棱着些许的阴影，三轮车轱辘压到它们身上，发出细碎的声响，然后，橘红色的光就又和路面重叠了。三轮车还在朝前走，影子越拉越长。秦保安依然站在原地不动。阮西联看在眼里，眼角有些湿润。但也就是一瞬间的事儿，阮西联立马调整好了自己心态，他走到秦保安面前，拍了拍秦保安的肩膀，说："我好长时间都没喝酒了，走，咱去吃火锅，喝一杯。"

"可惜毓贤街不是早先的模样了，要不然，咱们还去那儿，裤子大王，生于斯，终于斯，也算是完美。"

阮西联说："那可不行，咱今儿个得上点儿档次，去吃海底捞。"

秦保安说："好"。

秦保安谋划着要喊出租车，阮西联却朝路北旁指了指。

秦保安一下子就明白了阮西联的意思。路北一小片的空地上整齐地停放着一排小黄车。

秦保安率先扫好了车，开锁、上车，迎着夕阳，骑车飞奔。

阮西联稍微慢了半拍，等鼓弄好车，赶紧追了上去，一边追，一边喊：

"秦保安，你等等我。"像年少时一样。

上禹王山

1

庄子空了。

爷爷咕哝这句话的时候，他正孤零零地立在庄南头那棵大槐树下。夕阳把他的身影投到地上，两条叉立的腿影像两根立柱，撑着有些弱小的上身。

往常，无论是下田还是上山，也或是从山头、田间归来，到了庄头，爷爷都愿意在大槐树下歇歇脚，特别是槐花开的时候，爷爷喜欢那一树绿的叶、白的花，喜欢闻风中那股淡淡的甜味儿。有时候，爷爷也会爬树上去，撸一些槐花芽、槐花串。槐芽儿能炒着吃，槐花串贴身作伴，周身就被那股甜味儿裹着，提神呢。

现在，天还有些清冷，树叶子还不够密，枝丫间有麻雀在左跳右跳，雀儿肯定也感觉到空气里的味儿不太正，鸣叫声都透着小心，没了往昔里的欢跃。

爷爷到大槐树下之前，在庄子里转悠了两圈。家家的门上都落了锁。魏老二家院子是扎的篱笆，没有门。爷爷还特意到院子里看了看，有些散落的羊粪粒。爷爷知道，那一定是大老黑（羊）留下的。大老黑是一只健硕的种羊，农闲的时候魏老二会牵着大老黑到四乡八邻去给发情的母羊配种，然后，魏老二就能得些酒钱。魏老二肯定舍不得丢下大老黑。

在柱子家门口，爷爷踟蹰了好一阵子。本来说好了的，柱子也不走，跟爷爷一起留下来，等他爹得了信儿，到近前一巴掌就甩了过去，柱子立马变得服服帖帖。甩过巴掌后，柱子爹嘴上还骂个不停。说你个作死的东西，不知道咱家的驴年前就送东边瓦房店去啦？你找死不要紧，媳妇不要不要紧，咱的驴可就肉包子打狗，有去无回了呢。

在年前，柱子爹找媒婆给柱子定了一门亲，对方看中柱子家的驴了。媒婆说一头驴换个媳妇，这买卖划算。喜事定在夏种之后。为了驴，柱子爹也不可能让柱子留下来冒险。在庄子里，爷爷和柱子是公认的憨大胆。有一年运河里淹死了个女人，就是爷爷和柱子一道给捞上来的。憨大胆的柱子在他爹面前，一点儿胆都没有，只有乖乖听话的份。

庄邻都知道，爷爷跟柱子就像戏文说的那样，是"焦（赞）不离孟（良），孟（良）不离焦（赞）的。"这突然一分开，爷爷自然觉得闪得慌。当然，平常里过日子，爷爷跟柱子也是有分开的时候，比如柱子跟他爹出门拉货，十天半月见不着也是常有的事儿。但那时候，庄子还在啊，更确切地说，是满庄子的人都在。现在不是，现在不单单是爷爷跟柱子分开了，是爷爷和满庄子的人都分开了，连同那些鸡鸭牛羊。眼下，这个庄子就只有爷爷一个是喘气的。如果爷爷不在，这庄子就真的是空的了。

　　站在老槐树下的爷爷，一会儿瞅瞅庄子，一会儿向东南远眺禹王山。庄子已经转过两圈了，是空庄子。不要说人，就连鸡鸭羊鹅，也都没了影气，那样的死寂像是人在睡梦中胸口上压了块石头，又好似在河中游泳时，水草缠住了腿脚，被困住了，出不得水面。爷爷感觉到胸闷，近乎窒息的那种。爷爷想张大口喘气，想搬开胸口的那块石头，想挣脱水草的束缚，想逃离。来到老槐树下，觉得透气多了。西边的河道南边的山，一个灵动，一个葱茏，慢慢就涤尽了爷爷心中的压抑和不适。山还是往昔的山，可爷爷怎么瞅怎么觉得异样。是了，在葱绿掩映下，爷爷隐隐约约能看到晃动的人影，一个、两个、三个……数是肯定数不过来的，也数不清楚。从山坡到山峰，从庄稼地到山腰松柏树下，那些人影似乎是跳动的，弯身、支腰、左冲右突窜个不停。人影儿一会儿在庄稼地，一会儿又被庄稼或松枝给遮住了。反正爷爷能看出，那情形，就一个字：忙。爷爷觉得这有点像庄稼人雨前抢收庄稼，镰刀或者是木锨在和大雨赛跑，一定要赶在大雨来临之前，把田里的庄稼或者是场上晒的稻谷收拾妥当，那样的忙还携有慌和乱的味。

　　天色渐渐暗了下来，禹王山上的影像就更不清晰了。但爷爷分明能感受到，那份忙始终都还在，热火朝天地存在。爷爷似乎能看到，在夜色笼罩下，之前的那些人影还在甩开膀子做事，他们弯身、支腰，挖起的土灰肯定粘了一脸，他们身上肯定早就被汗水打湿了。也正是这样的感受让爷爷改变了之前的打算，爷爷决定再进庄子一趟。本来爷爷想在庄子里再住一晚上的，现在爷爷改了主意，爷爷要回家把那件狗皮大衣带上，爷爷决定今晚住山南。柱子家在朝阳的山坡下有一块田，那块田柱子家种过两茬西瓜，在田头有一间看瓜棚，还是土坯的呢，能遮风避雨，有狗皮大衣作伴，夜里不会冻着。

2

爷爷觉得奇怪，天上怎么会有俩太阳呢？都是透红的，灯笼那样的红，却不刺眼，你看太阳，太阳是对着你笑的模样。再有，柱子媳妇家把柱子的驴还给柱子家了，柱子媳妇就是骑着驴嫁过来的。送亲的队伍绕着村子兜了大半个圈，特意到村南老槐树下停了一会，槐花开得正欢腾，唢呐声响得透彻，把槐花儿都震落了。槐花落到柱子媳妇的红头巾上，一朵一朵慢慢地滚下来，白色的花滚过红头巾，像什么呢？像庄西边的河水淌过黑土地？爷爷觉得不像。河水有舒缓平静的时候，也有波涛汹涌的时候，但都没有槐花滑过红头巾那样的美，那是一种轻飘飘的疼，是一丝若有若无的痒，你想去抓，却又抓不住，爷爷心里那个急啊。偏偏在这当口，迎亲的礼炮响了。那声响，也奇怪，地动山摇的。爷爷被震醒了。

爷爷醒了，那个梦也就断了。

在柱子家的瓜棚里，爷爷梦见柱子在娶媳妇。

爷爷抱着狗皮大衣出了庄子，先穿过大块的麦田，又经栗子园，再绕开一片坟地，到柱子家瓜棚的时候，天已经黑得厉害了。这是谷雨后的第六天，若在平常，谷雨前后，种瓜点豆，正是田头忙碌时候，可这会，柱子家的那块田还是白茬。一路上爷爷是碰见了不少人，黑漆漆的，能看清他们每个人都戴着铁帽子，但看不清铁帽子下的脸，他们每个人都是急匆匆的样子，有的扛枪，有的扛着木箱子。他们都不是在走路，都是在跑、在奔。一转眼，就隐到松柏树后了。其间有两个人是跟他说过话的，一听就不是本地人，说的话难懂，大约的意思爷爷还能理会，就是："老乡，你怎么还没跑？"

爷爷在瓜棚里好长时间都没有睡着。瓜棚没个像样的门，山风从门洞、从棚檐下窜进来，像蛇在水草间行进，拉着哨音。这样的哨音在寂寥的黑夜里透着诡异和恐怖。幸好爷爷是有名的憨大胆，爷爷不怕，枕着山风和漫天星斗，19岁的爷爷睡着了。

爷爷被震醒了。有那么一会儿，爷爷脑子里是空白的，短暂的空白之后，爷爷立马就回过神来了。爷爷知道自己刚才做梦了，爷爷还知道那声响不是柱子迎亲的礼炮，那是真炮弹炸裂的声响，迎亲的礼炮哪里会闹出这样的动静呢？

打起来了。爷爷喃喃地吐出这四个字。

这阵子，天并没有全亮，有那么多的星子在空中忽闪着，镰刀一样的月牙还挂在西天。日复一日的岁月里，这是寻常的一天。爷爷不止一次也曾这样早起过，看星星，看悬而未落的月亮，感受晨风携着雾气吹拂面颊。然后下田、出工，周而复始。庄子里每一户人家都是这样的，他们面对苗壮的秧苗会心怀祈盼，会因每一季的丰收而欢欣。农闲时，侍弄鸡鸭羊鹅，娶亲嫁女，乡村的日子简单、平和又温馨。

可此刻，这一天变得极不寻常。曾经的简单、平和和温馨都被打散了。

爷爷在朝阳的南坡下，就算是天全亮了，也不可能看到山北面的情形，但枪炮声是真实的，空气里弥漫的火药味是实在的，还有那映到半天空的火光，一串接着一串，像傍晚的火烧霞，红透了半边天。

这样的火药味，爷爷一点儿都不陌生。庄子里一些上了年岁的人都会炒火药。就是"一硝二磺三木炭。"炒好炸药多是用来开山采石的，冬天里也有人用来下河炸鱼。下河炸鱼时炸药是在水底炸响，闻不到火药味。开山采石的时候能闻到。只是眼下这味儿，比开山采石时浓烈得多。

从声响和腾起的火光来看，爷爷大约猜得到打起来的地方就在瓦房店前后，也就是柱子媳妇的那个庄子。爷爷心里还暗自庆幸昨晚幸亏没住庄里，若不然，弄不好今儿个就上不了禹王山了。

爷爷决定翻过禹王山，去打起来的地方看看。

3

翻过禹王山后，火药味越来越重，吸入鼻孔的气流也变了。爷爷肯定不懂得用"浑浊"这样的字眼，爷爷就觉得吸进体内的空气厚重了、黏稠了，除了有硝味，有硫磺味，也有泥土和麦苗的气息，这些气息混合在一起，一个劲地朝自己鼻孔里窜。再朝前走，气流里中又注入了新的东西，那是腥气。是的，是腥气。就像逢年过节，庄里人家杀猪宰羊的时候，从猪羊喉腔里喷出血液时散出的那气味。越朝前走，这样的腥气越重，爷爷觉得有些恶心，想吐。

太阳出来了。从山坡到田畴，再到远处的林梢，所有爷爷能看得见的阳光都是脏兮兮的，那样子有点像暴雨过后的河水，是浑的。无数碎小如唾沫、大似蚊蝇的漂浮物在光线里飞舞，爷爷觉得自己的鼻腔有被塞住的感觉，想打喷嚏，可是爷爷连着张了两次嘴，都没有把喷嚏打出来，倒是有漂浮物趁势飞进了爷爷的嘴里，爷爷连啐了几口唾沫。

爷爷终究还是吐了。爷爷没有吃早饭，肚子里没食，吐出来的也就是几口清水。爷爷是在遇见几个当兵的之后吐的。确切说爷爷是看到几个当兵的抬的人之后吐的。那时原先的那股腥气浓烈到了极致，爷爷觉得自己的肠胃在不停地翻腾，而后有一小股的力气使劲地朝喉腔顶，爷爷先是干呕几声，然后就吐出一些既酸又苦的秽物来。

当兵的看到爷爷有点诧异，等爷爷吐完了，连说带比划，爷爷懂了，他们是让爷爷给打帮手。一个当兵的还从死人头上摘下一顶铁帽子戴到爷爷头上，在给爷爷系扣带的时候，爷爷看到那个当兵的右手有点不一样，他有六根手指头。

爷爷怎么也不会想到，九天之后，爷爷又见到那位有六根手指的人了。

九天时间里，爷爷一直在重复着做一件事，就是埋死人。

很简单，有洼地、有水沟、有弹坑的地方，稍微再收拾一下，把死人放下去，坑小的放一个，坑大的可能是两个、三个、甚至更多，有时候有旧衣物、有布巾还能遮挡一下人脸，更多的时候根本找不到物件，只能直接填土。

一开始的时候，爷爷还在心里默默的计数，一个、两个、三个……后来就记乱了，没个确定数，反正是从瓦房店庄外开始，退着朝禹王山上埋的。九天之后，当兵的和爷爷都退到了禹王山上。

那些天里，爷爷除了弄清楚这些兵都是从一个叫云南的地儿来的，除了知道那个铁帽子叫钢盔之外，爷爷还学了不少逃命的法门。比如无论是退还是进，都要猫着腰，把头压低，要尽量走战壕里，走有遮挡物的地方，好挡枪子儿。在平地遇到枪响的时候，要卧倒。当然这个卧倒也有不同说法。在有炮弹飞来的时候，这个卧倒是有讲究的，不能把肚皮贴到地上，要曲腿、弯臂做支撑，让肚皮和地面留点缝。不然，就算你躲过了炮弹的轰炸，大地的震动波说不定会震坏你的心肺。当兵的告诉爷爷，一旦被炸弹的震动波震坏了五脏六腑，人是看不到一点儿外伤的，但不可能活过三五天。

爷爷就是在一枚炮弹爆炸之后，再一次见到六指的。

爷爷亲眼看到那枚炮弹正好打中了一座简易的碉堡。等硝烟过后，爷爷率先奔了过去。到了近前，爷爷怔住了。在碉堡的底下、在四周，十五具几乎不成人形的尸身森然在目，炸开的山土、碎石都成了猩红色。这次爷爷没有吐，爷爷只是不停地流泪，爷爷一边流泪，一边去收拾那些尸身、残肢，爷爷要把他们葬在碉堡里。

在搬动尸身的时候，爷爷看到了那个长有六根手指的人，他那条手臂被炸断了，但还连着些皮肉，从臂弯处绕过头颅，手掌竟然是放在左耳边的。如果不是骨头被炸断，平常人是很难摆出这样姿势的。理顺那条断臂的时候，爷爷的手触碰到一个硬物，一开始爷爷以为是碎裂的骨头，待稍微擦拭了血污后爷爷才看清，那是一块镶入骨肉的铁家伙。

好几天的战场经历让爷爷长了不少见识，爷爷知道那是块炮弹片，爷爷废了点力气，还差一点儿划伤了自己的手，才把那块弹片从六指的身上拔出来。

4

庄子里的人都知道爷爷偏爱上禹王山。

出了庄子，爷爷依然想到那棵老槐树下歇歇脚，可是那棵老槐树早已不存在了。现在，那儿只剩下一个孤零零的树墩子。那棵老槐树和禹王山坡的古栗树园，还有山上的松树、柏树一样，都是被日本人的炮弹给炸没的。禹王山的山土都被烧焦了，好长时间里，禹王山上寸草不生。

夏日里雨水旺，每逢下大雨的时候，爷爷都会扛上一把铁锨冒雨去禹王山走一趟。

水流从禹王山上下来，有冲劲，常常会掀翻山土，冲出人骨来。爷爷上山，就是冲着那些人骨去的。每每发现人骨，爷爷就会在原地挖个小坑，小心地把人骨捡拾到小坑里，好好掩埋。这样的掩埋一直持续了好多年，直到禹王山又长成了1938年之前的模样，有草皮护坡、树木成林、有山鸟鸣啾。

时间久了，再少有人骨浮出土面了，可爷爷依然爱上禹王山。至少一年里的清明和年关，爷爷是必去的。在这两个节气里，爷爷都会带些纸钱，在田畴间、在山坡上、在松林里，默默地烧。爷爷常常是一边烧纸钱，一边流泪，爷爷似乎还能清晰地看到钢盔下那一张张鲜活的脸庞，能看到那只生有六根手指的大手掌。他曾经靠自己那么近，他那根小六指就快碰着自己的下巴了，爷爷能听到他粗重的呼吸，还有咚咚的心跳。

爷爷常想，在那个叫云南的地方，每到清明和年关，肯定也有人和自己一样，在给躺在禹王山下的年轻人烧纸钱。他们一定也是一边烧纸钱，一边流眼泪。躺在这山下的，可能是他们的儿子，也可能是他们的兄弟。当年，他们离开衣胞之地之后，就再也没能回归故土。

爷爷有时还会想，真希望有那么一天，在禹王山上，自己能遇见从云南来这儿寻亲的人。那样的话，爷爷一定要领着他们从瓦房店开始，一步一步朝禹王山走一趟。走麦田、走玉米地、走新栽的栗子园，然后沿着北坡上山。爷爷会把一路的枪声、炮火、血液和死亡一点一点说给他们听。

在山上，爷爷一定得带他们去看看那个碉堡，告诉他们，那个长有六根手指、曾经亲手给自己戴上钢盔的人就躺在碉堡下面。

5

打从我记事开始，经常看到爷爷把玩那块弹片。庄子里也有上岁数的人喜欢把玩物件的，不外乎是核桃、钢球，他们把玩的物件一般都是一双，是圆形的。两枚核桃或者钢球，在手掌里转来转去，很是精彩。只有爷爷例外，弄一块圆不圆方不方的怪物，更多的时候只是放在手掌，专注的盯着，又不能玩出花样来。

等我稍微长大些，爷爷偶尔会把那弹片递到我手上，让我也好好瞅瞅，那时候弹片的周遭已经被爷爷处理过，没有刺口、毛边，不然，是容易割伤手的。说实话，我不怎么喜欢那物件，黑不溜秋的，有啥玩头呢。

爷爷却经常跟我说：这弹片黏着人血呢，它身上有八个人的魂儿。我也是听得云里雾里，一点都不明了。

80岁之后，爷爷就不怎么去碰那块弹片了。也是从那时候开始，爷爷饱受耳鸣的折磨。爷爷说，枪声、炮弹的炸裂声、飞机的轰鸣、成千上万人的厮喊，总在自己的耳朵边响，不想听都不行。能够暂时治愈或者舒缓的办法只有一个，就是上禹王山。

坐在山风里的爷爷是安静的。远处的运河绸带一样飘着，山下的果园、田畴、玉米地、再远点的村庄，在阳光下泛着金色的光芒，一派祥和。而近前的松树、柏树，还有柿子树，都是茂盛葳蕤的模样。爷爷知道，60多年的时光，足以让禹王山重生，当年草枯土焦、树折石碎的凄凉早没了半点儿踪迹。但爷爷又深知，就在自己屁股下，在那些松树柏树的根须旁，躺着那么多的尸骨，有些尸骨就是自己亲手埋下的呢。当初，他们跟自己一样，那样年轻，眼神携着无畏和盼望。也许在前一天，他们曾跟爷爷对视过、牵手过，而后，就被爷爷给送入了土中，这么多年了，他们一直在土里安静地躺着，一言不发。

爷爷不止一次说过，自己百年之后，不入祖坟，就葬在禹王山，就葬在他捡到弹片的那个碉堡旁，爷爷要去陪那些小伙子，爷爷觉得自己就是他们中的一员，就该回到他们中间去。

爷爷是在 93 岁那年过世的。

爷爷过世前一天正好是惊蛰。书上讲"微雨众卉新，一雷惊蛰始。"本是说那些蛇虫蝼蚁经过一冬的蛰伏，要出窝活动，要开始觅食了。那一天爷爷似乎也被惊了蛰，在床上躺了半年之久的爷爷当天精气神出奇的好，吃了小半碗鸡蛋羹后，坚持要上禹王山。

四叔说爷爷这是回光返照，肯定是要走了。

在禹王山上，爷爷没说多余的话，只是选了自己的墓地。当天夜里，爷爷在睡梦中离开了人世。

活了 90 多岁的人过世，在乡村里通常都会把丧事当作喜事来办的，乡人说这叫喜丧。为此，我们家请了鼓乐唢呐班子，搭台唱小戏，热闹了好几天。

爷爷出殡的那个早晨是阴天，夜里才落了一场春雨。晨间里有些寒意，厨房早早备下了热粥和油条，给负重（抬棺）的人垫肚子。棺木从堂屋请出的时候，我忽然想起爷爷一直珍藏着的那块弹片，幸好没费什么事，我在爷爷的房间里找到了它。

　　圹（墓穴）是头天下午就打好的。下葬时只要把装有爷爷骨灰的棺椁放入圹中，然后覆土、聚坟、烧辞别纸，整个丧事便宣告结束。

　　爷爷的棺椁被沉到圹中了，在填土之前，我取出那块弹片，我把它放到了爷爷的前棺槽上，那儿是放长明灯的地方，我把1938的弹片跟爷爷的长明灯放在一起了，就让它陪着爷爷长眠地下吧，再也不要回到人间来。

　　烧过辞别纸后，天忽然放晴了。

　　太阳从云层里钻了出来。它射出的光线起初是嫩生生的，在富含水汽的空中有些娇气，慢慢地，它一点一点硬朗起来了，最后，它变成了温暖的金黄色，照着满山的水珠儿，熠熠发亮。

你好鲁米那

历史上黄河常泛滥溃决，导致运河河道淤塞屡见不鲜。明人朱国祯在其《涌幢小品》中有记："黄河者，运河之贼也。舍黄河一里，即避一里之贼，其苦也。"

漕运关乎国计民生，运道不畅，除了疏浚，最为行之有效的办法就是改变河道。明清时期运河就曾有过数次比较大的改道工程，同时辅以开挖泄洪道，进行分流。

一条分洪道的走向改变了我们村落的生存状态。

分洪道衍生的堰渠、河滩地，以及次生的水系滋润了这小小的村子。村西有山，村东有河，瓜果、稻米、鱼虾，丰盈了村民的日月，就算是在贫瘠年代，我的祖辈父辈们也没有缺物果腹，免了饥饿之苦。

我喜欢我们的村子。

人说情因老更慈。也许是年龄大了的缘故，50 岁之后，念旧之情日甚。我是越来越想念那个叫涧溪的小村落。算起来，我都快有 5 年没有回去过了。曾经的山坡、水涧、堰渠、白杨树、荷塘、河滩地、芦苇……有好多次我都梦见了，梦见自己还是年少时的模样，在村子里奔跑、在小武河戏水、在荷塘摘莲蓬……可是，当我高举着莲蓬朝岸边慢慢游的时候，我看见了老村长，他就站在塘口边，手里抓着一根胳膊粗的棍子，向着我怒目而视。

是的，每次梦回涧溪，梦境都被一分为二地劈开，前面是蓝天白云，是欢欣与童趣，而最后都会是老村长的凶神恶煞。

就算是在寒冷的冬夜，也常常惊出一身冷汗来。

有必要说说我们的老村长。

其实村长一点都不老，那时候的他也就四十岁光景吧。之所以在我们心里会产生老的感觉，我想应该是一种类似于"牛眼"心理吧。乡村里有俚语说：鹅眼看人小，牛眼看人大。虽然没有啥科学依据，但理还真是那个理。鹅，特别是雄性鹅，凶得很，敢跟人死缠烂打。记得小时候看电影，就曾看到过深山寺院等地用雄性鹅来看家护院的，灵得很。在鹅眼里，人是小于它的形体的，所以鹅不怕人。而身材伟岸的牛则恰恰相反，因为眼睛晶体的缘故，它看到的人，是个庞然大物，面对这样庞然大物，自然而然地心生畏惧，只能任由人摆布。那时候我们看村长就有"牛眼看人"的意思吧。村长在我们眼里就是高大、强悍、威武、年老成熟的模样。

当然，不单单是我们小孩子怕村长，我发现村子里的人差不多对村长都有畏惧心理。

村长不是多大的官，但确实又很有权。公粮征缴、土地承包、沟渠、汪塘、山坡河滩地以及宅基地的使用，差不多都是村长独断。平常村子里有婚丧嫁娶红白事，村长都是被安排在主桌上就坐。要是哪家办红白事，请不动村长，那这家人在村里一定是混在最底层，要么是穷得叮当响，要么就是人活得够窝囊。

当村长八面威风，又有油水，觊觎这个位置的自然是大有人在，可想在这个位子上坐稳了，还真不容易。

那时候乡村人家根本谈不上有什么法制意识，其实主要也是因为一个穷字，虽说不至于"穷生响马"，但穷不怕事倒是真的。邻村就有过村长硬是被一对光棍弟兄给打怕了，主动放弃当村长的事。

这事在俺村不会发生。

村一级的干部要想在位子上坐稳了，一般都要具备三个条件，那就是家族大，弟兄多，再有就是拳头硬。其实只要是弟兄多，基本也就具备了拳头硬的条件。我们村长弟兄五个，个个身材健硕，属于那种四肢发达头脑简单的人，村里人私下里都叫他们涧溪五虎。尽管他们跟戏文里讲的五虎上将相差太远，但在涧溪村足够了，说打遍涧溪无敌手，一点儿都不过分。首先人家是官，是吃公家饭的，有撑腰的。再有就是拳头硬，如此，就起到了双管齐下的效果，鲜有人上门闹事，就算偶尔有心里不平的，也多是敢怒不敢言的份。所以说涧溪村在村长手里，那是拿捏得死死的，谁也翻不了他的天。

不止一位阴阳先生说过我们涧溪坐落的地儿好。

村西三里地是南北走向绵延近十里地的艾山，村东傍着小武河，也是南北走向。一山一水，就是两道天然的屏障，守护着村落。这山和水更是天然的资源，山坡、河滩地、堰渠是长果树、芦苇、白杨的好场所。夏日里雨水多的时候，山水自西向东从村南和村北两条沟道分洪到小武河，村子里不会有多余积水的，阴阳先生说这是块福地。有时候我就想，我们村名应该就是因为这地片多山涧、溪水才有的名字吧。平常里，那些沟沟渠渠里生鱼生虾，在物资匮乏的年代，也是一份馈赠。

我们村子里还有两个大汪塘。阴阳先生也是说不尽的好。夏日里，它们是蓄雨水的地方。寒冬季节，汪塘也不干涸。乡里人会下到塘里罱河泥留做大田里的肥料，常常能罱上肥硕的泥鳅来，是冬日里的小惊喜。阴阳先生说汪塘是一个村庄的肺呢。塘里长绿植、纳雨水，收容污秽，好比说天地混沌，但经阴阳调和，就是一个净化的过程。到最后，绿植、池塘水释放出来那些无形的气息，都是宝物，是滋润村庄的养分。

我听不懂这些。但我喜欢汪塘，特别是西边的那个，它就在我们家的门前。

春夏时节，塘里长莲藕、菱角。田田荷叶就是一把绿色的伞，艳艳荷花可用来向邻家妹妹献殷勤，而饱满的莲蓬则是小伙伴们争逐的焦点。至于荷藕似乎不曾引起过我们太多的关注，那该是大人们的事。但是，当炒熟或者凉拌的藕被端到餐桌上的时候，我们都爱吃。更多的时候大人喜欢给自己的孩子搛藕片，说多吃藕，会心灵手巧呢。这话我们一直都深信不疑。因为藕多心呀，心多，才玲珑。直至许多年之后我才知道，我们家门口汪塘里长的藕瓜，那是正宗的白莲藕，有九个孔，所以吃起来才脆、顺溜、不涩不柴。至于那菱角，也是我们的最爱。

采菱时女孩儿要坐木制的大盆才能下水。男孩子则干脆利落，直接脱得赤条条的，拎个竹篮就钻水里去了。嫩菱生吃，脆、甜。熟透的老菱煮了吃，香、粉，可当饭食。后来我到江南工作，知道茭白、莲藕、水芹、芡实（鸡头米）、慈姑、荸荠、莼菜、菱角被列为江南"水中八仙"。我心何其旖旎，原来在我幼小的童年，在我们小小的村落里，竟然一直都有江南"两仙"陪伴着呢。

隆冬时节，汪塘里结一层厚厚的冰。那儿就变成了我们的跑马场和"战场"了。当然也曾有过因冰层还不够厚实，被踩踏裂了，腿脚陷水里的事，但没几个因此长记性的。第二天，照常去跑冰。

我心里开始讨厌村长就是因为家门口的汪塘。

村子里大多数人家对村长的态度我觉得可以用爱恨交加来形容。

在村子里，村长霸道、硬气。在村外，村长也是如此。比如跟邻村争艾山的山坡地、争小武河的堰渠，要是没个胆，那个势力如果弱下来，肯定是争不过人家的。村长争来的自然是一个村的利。还有就是当年的乡村里，每到冬天农闲时，上级就会派个水利工啥的。这里面也有讲究，如果哪个村的领导胆儿小，性子不够烈，分到的工地多半是难啃的骨头。还有诸如农补、贫困户救济等事儿，村长从来都不占劣势。村里人都说，有村长出面，咱村不会吃亏。这些都是村里人爱戴村长的因由。

至于恨吧，好像这样说也不太准确。说白了应该是"眼红"，就是眼红村长借手里的权，占村里的那些好处。比如说大田边分剩下的旮旯犄角地，村长家或者他的弟兄们就会拾去白白的种了，不用交公粮。比如小武河的堰渠或者河滩地，村长会故意留一截不分。说的是留作机动地，留待有生老病死、减员添丁的时候用。可等真的有人家添丁加口了，也没见村长给人家补地。那所谓的机动地，还不是被村长清一水的种上了白杨树，也只五六年工夫，树都长到水桶粗了，那都是看得见摸得着的钞票啊。谁又会不眼红呢。

村长的这些好与孬，其实我一点儿都不关心。除了心里觉得村长有点让人怕之外，起初我还是蛮喜欢村长的。

村长家的小三子和我同岁，我们一块去报名上的学。三年级和四年级的时候，我们还是同桌。小三子喜欢喊我到他家去玩。村长平时在外都是虎着脸，在家里那张脸是放下来的，看起来轻松自然，很和善的模样。有时候还会跟我说几句话，那会儿我看村长跟左邻右舍的叔叔大伯没啥两样。

我也喜欢去村长家玩。除了偶尔能得到点小零食，关键是村长家有报纸和书，我喜欢看。当地的日报是每天有，不算日报，印象最深的就是《半月谈》，还有什么农业啊、养殖类的本子。报纸和书上说的差不多都是大事儿，偶尔还有国外的大事。除了这个，还有好看的小文章，也有些类似于道听途说的奇闻异事。反正这些都是学校课本上学不到的，我喜欢。通过那些报纸和书，我看到了一个不同于涧溪村的远方世界。村长因此还夸过我，说喜欢读书的孩子是好孩子。可是村长不知道，那时候我心里已经有点不喜欢他了。

村长眼里盯着大田、盯着山坡还有河滩地，哪怕他都占为己有，我也不会在乎，那些跟我一毛钱关系都没有嘛。可村长不该盯上了汪塘，村长在两个汪塘里养上了鱼。

特别是西边口的汪塘，本来就离我们家几步路嘛。我想，村长养鱼，如果能有我们家的份，我肯定不会讨厌村长吧。

可是，真的没有。两个汪塘里养的鱼，是属于村长弟兄五个以及村里几户有些头脸人家的。每年秋后，抽水逮鱼，特别是水将干未干那阵子，白花花的大鲢子在浅水里东窜西跳，我的心口就会疼，那些鲢鱼像是钻进我肚子里的孙猴子，不停歇地闹腾，撞得我浑身不舒服。站在塘口老远的地方，我只能紧咬嘴唇，好像只有这样才能阻止眼泪水留下来。

太阳落下去了。他们在岸边分好鱼，然后一筐一筐抬走了。热闹一天的汪塘安静了，只是，安静的汪塘是千疮百孔的，放眼过去，满目狼藉，可又有什么办法呢？也只有到了这个时候，汪塘才开始属于我。当然不单单是我，还有不少跟我一样家里分不到鱼的少年。我们赤脚下到塘底，奢望能捡到漏网之鱼。大白鲢肯定是不敢想，因为它们好动，水还没干就早早的暴露了身子。鲫鱼不一样，我们都叫它"滋泥壳"，水抽干后，它们会一动不动藏在淤泥里，你得用脚踩，用手去摸，才能发现它。谁要是摸到"滋泥壳"，都会引起一会小骚动。鱼儿不甘被擒，上下不停扇动尾巴，把泥水扇得摸鱼人满脸满身。摸到了鱼，谁还会在乎泥和水呢。

天渐渐暗了下来，泥塘里还有舍不得离开的孩子。

都是鱼惹的祸，让我心底生了怨愤，这怨愤就像田间的野草，它长得快，长得凶，时不时的，这怨愤就像小虫一样偷偷地噬咬我一口，让我痒一阵、疼一阵。

我再不愿意去村长家玩了，跟小三子的关系也越来越疏远。而对汪塘里的鱼甚至都到了恨之入骨的地步。心里自然也会产生报复心理，可我又能做什么呢？无非是用娘的缝衣针在柴火上烧热了，折成鱼钩去钓鱼。或者等鱼出水晒太阳，用石头瓦块砸鱼。这样的小伎俩有时候也能成功，可有时也会被村长的家人抓住。然后就会被押着去我们家告状，说怎么怎么地偷了他们家的鱼。爹娘自然只能赔着笑脸，尔后再呵斥或者敲打我。

我觉得村长家人有点小题大做了，钓个鱼怎么就能上升到偷的高度呢。

不过说真的，那一阵子我们那地片还就发生了一件跟偷鱼有关的大案子。

我一直猜村长养鱼是跟人家学的。

村长经常在外面跑，自然是见多识广。那时节，我们四邻八乡忽然兴起一股养鱼热。邻近有两条河道，哪个村镇会没有个洼地或者水塘呢。稍微收拾一下就是个养鱼塘。鱼种通常以鲫鱼、鳊鱼和鲢鱼居多。"四大家鱼"里，本来也是有草鱼的，但我们那地儿都喊草鱼叫"混子"，这名多少有不讨喜的成分，所以养草鱼的就不多。大家都喜欢养鲢鱼。好像说鲢鱼比较好养活，吃草，还喜欢吃动物粪便。鲢鱼长起来个大，身体扁平、匀称，浪里白条，也好看，我们都叫它大白鲢。村长在汪塘就只养大白鲢。不过村长养鱼跟人家比，那才是芝麻粒比西瓜呢。我猜村长就是想讨个现成，反正也不用多大的花销，更不用掏承包费，就是放点鱼苗子。入了秋后，自己有的吃不说，弄不好还能额外得些收入呢。总不至于连本钱都收不回来吧？至于外面人家养的鱼，那鱼塘大着哩，有几十亩地的，水汪汪的一大片，感觉都看不到个边，起鱼的时候，都得用卡车装。

有人养鱼，就会有人偷鱼，这似乎是再正常不过的。

常规偷鱼也就不外乎网捕、垂钓、电鱼。当然那时候农村里偶尔也有人用炸药雷管炸鱼的。但这法子用在偷鱼上貌似没有发生过。那动静太大，等于直接抢了。

偷鱼那个大案子一开始发生的很隐蔽。之所以说隐蔽，是因为不少养鱼户根本不知道自己家的鱼被偷了。

你想想看，一户人家被偷了，而主家浑然不觉，一直蒙在鼓里，小偷自然会一而再、再而三地光顾。可是每一位养鱼人心里都有杆秤，开春放了多少鱼苗，捕鱼时能出塘多少那都是有个八九不离十的。

养鱼人都是同行，也常在一起交流，也觉得纳闷。事儿是透着蹊跷，可就是不明就里，又没见着塘子里有死鱼，难不成这鱼儿还能长了翅膀，飞了不成？

都说世上没有不透风的墙，再聪明的狐狸也有被猎手盯上的时候。这不，先后两次就有主家亲眼看到自家的鱼被人偷了。

偷鱼贼被发现，受了惊吓，自然是一跑了之。可被偷者后来的陈述却是透着诡异。

据说偷鱼贼仅仅是凭一把丝网舀子偷的鱼。那情形好像不是在偷鱼，而是在自家的锅里舀饺子。白鲢、鳊鱼、鲫鱼，翻着鱼肚白，漂浮在水面，一动都不动，等着人家去舀。像极了开锅之后，煮熟的饺子。偷鱼的是两个人，一个人舀，一个人在岸边接，然后朝口袋里装。

更加诡异的事还在后面。偷鱼贼跑了之后不久，那些漂浮在水面上，没有被捞起的鱼，竟自个儿翻翻身，又游回水里了，那样子就像之前是特意上来冒个泡，透一下气一样，现在睡过了、歇好了，没人陪着玩了，就又回了水底。

这话越传越邪乎，到后来就变成了这个样子：说偷鱼的人是巫师，懂驭鱼术，只要他们在水塘边念一会咒语，鱼就会自动浮上来等着他们去舀。他们上半年在家吃喝享乐，下半年等鱼儿长肥了，他们就出工。几年间，他们已经偷遍了四邻八乡的鱼塘，也发了财。

这样的传扬可不是好事儿。让许多鱼塘主终日人心惶惶。有买狼狗看塘子的，有增派人手值夜班的，更有甚者直接架设了电网，说只要偷鱼贼敢来，直接电死他！

最后，反正是费了不少周折，案子破了，偷鱼贼在销赃的时候被抓了个现行。

很古旧老道的方法，兄弟两个人搭伙，药鱼！

让公安方面费解的是，既然是药鱼，而且鱼又浮出了水面，肯定就是被药倒了。可过后为什么又能复活呢？那弟兄两个好像搞了攻守联盟，只说是用农药拌面粉药的鱼，其他的自己全然不清楚。当年医学检验方面又不是多专业，缴获用剩下的药送检也没查出个名堂来。再说这终究不是什么杀人抢劫的大案，公安也懒得在他们身上多费工夫，最后也就依他们的口供，药鱼偷鱼，次数多，偷盗量大，做了材料移送到检察机关。

那弟兄两个被判了重刑。事儿到这似乎也就了结了，其实不然。我费这么大的劲儿讲这个案件，真正跟我相干的故事才刚刚开始。

偷鱼的弟兄两个在看守所被羁押期间碰见了一位狱警。这狱警在之前就听过有关偷鱼的传言，就是那种被传得神乎其神的，啥巫师、咒语啥的。而今，这正主儿就在眼前，狱警自然是多了些关注。一来二去，也便熟稔了。狱警还给予他们俩一些说大不大、说小不小的便利。一者是出于感激，再有也算显摆心态吧。弟俩中的老大就把药鱼的配方告诉了狱警。

再朝后的情节就简单了。那位狱警是我小姨父的大表哥，他把听来的配方告诉了我小姨父。而我小姨父有一次到我们家走亲戚，在饭桌上，他又把这事当笑谈告诉了我爹。小姨父说："差点给人吹上天了，其实哪里有什么巧啊，就是用面粉、蚊香、□米那三样东西和面，然后揪成小粒粒，晒个七八成干，撒鱼塘里，过个半小时吧，鱼就会自动上来了，你拿个网舀子直接舀就是了。不过如果十分钟二十分钟的样子你不捞那些浮上来的鱼，这药劲儿一过，鱼就像大醉后醒了酒似的，没事人一样又游回水底去了。"

小姨父还说，听人家交代，这蚊香一定要用金陵牌的，效果才好。可惜的是最后那个叫什么"米那"的，前面还有个字，自己说啥也想不起来了。

对于喜欢听故事、喜欢看书又爱猎奇的我来说，对小姨父的这些话肯定感兴趣，我是一字不落地记下了。

后来我也常琢磨小姨父的话，到底会是什么"米那"呢？那会儿又没有电脑，更没有百度啥的，想查询也没有个地儿。再说我一小破孩，总不能央求小姨父再跑去问一问他表哥吧。

有些事儿一旦搁置下来，就会跟闲置的物件一样。寻常里不会被想起来的。它可能一直存放在某个角落，蒙尘了，生锈了，只要你用不到，它就始终处于无物状态。但它又不是真的无物，它只是处于一个休眠期。这样的休眠期可能是短暂的，也可能是长久的。一旦有个触角碰到，它就会苏醒过来。在后来的时光里，我也曾有过头疼脑热、感冒发烧的，也不止一次去过医院，但从来都没有想过要去问一问医生，有没有一种叫啥"米那"的药剂。我想只要我一开口，那个曾经困扰过我的问题就会迎刃而解，可我始终都没有想到去问。其实生病这样的经历本身就是一个触角，只是这个触角没有长到足够的长度，它暂时还够不到心底那段往事。

我读初中二年级的时候，那个足够长的触角出现了。

说起来有点荒唐，一开始我竟然不清楚中学校园里是有图书室的。等我发现了图书室，那感觉就像觅食的鸟雀，一头栽进了粮仓里。图书室很小，世界很大啊。

我觉得那个看门的老太（其实也不老）是最幸福的人。多年之后我读孙百刚先生的《郁达夫外传·风雨茅庐》，里面有这样的文字："达夫的书，我们一向知道是多的……但从前住的都是弄堂小房子，没有一间正式的书房，所以未窥全豹。经现在这么陈列一番，真是坐拥书城，洋洋大观了。"在我心里，那个看门老太太就是坐拥书城的人。

就是在那间小小的图书室里，我读到一篇文章。以至经年之后每每想到往事，我都说是那篇文章改变了我。如果当年我没有读到那篇文章，或许我的人生会朝另一条道上走。

文章的题目是《儿子名叫鲁米那》。当眼睛触到文题的一刹那，我心微微一颤。鲁米那！也许我们是旧相识呢。

文章是一位姓鲁的医生写的。

通篇读完，我不但认识了鲁医生的儿子鲁米那，也认识了药剂鲁米那。终于知道当初被我小姨父弄丢的那个字，就是鲁字。

鲁米那，也叫苯巴比妥。是普遍性中枢抑制药，主要用于治疗焦虑、失眠、癫痫及运动障碍。也可用作麻醉前用药。给药时剂量由小到大，相继出现镇静、安眠、抗惊厥和麻醉作用。过量使用可抑制呼吸，甚至致人死亡。有麻醉作用，找它来药鱼，那可真是再好不过了。只要剂量用得好，就等于是给鱼儿做一回麻醉嘛。我忽然也便明白了，为什么当初有人看到被判刑的那哥俩偷鱼，那些没有被舀起的鱼过一阵子又游回去的原因了。那哥俩用药，就是把分寸把握到了刚刚好的一个点上，鱼儿就是暂时被麻醉了，并不是真正意义上的被药死。等药力劲儿过了，就稳妥妥地好了。

我有点小兴奋。这家伙鲁米那，原来是在这儿等我呢，千回百转，注定我们要相遇的，躲都躲不过啊。那一刻，浩渺的鱼塘、偷鱼大案、村长、汪塘以及暮色中依然在泥水中寻找"滋泥壳"的小伙伴，都被唤醒，原来他们一直都没走远，他们一直都在我心底最隐秘的地方休眠。现在，他们被唤醒了，他们簇拥着朝我走来，我看得见他们，却抓不住。也就是在那一刻，我觉得我该做点什么。

我开始在我的零用钱上打主意，一毛一毛的节省，积攒。直到放暑假前夕，我终于攒够了买一盒金陵蚊香和一瓶鲁米那的钱。

面粉家里是现成的。制药过程是隐秘而刺激的。我觉得我是在做一件大事儿，可心底又没有多少谱，能不能成功呢？我可没把握。

而且直到和面的时候我才开始正视一个问题，当初小姨父只是说出了三种配方原料，可并没有说具体的配伍啊？用多少面粉？用多少蚊香？还有要加入多少鲁米那药片呢？小姨父没说。也许当初从看守所里传出来的就是一个简单的配方，或许说者是故意隐瞒了这个重要的细节呢。眼下，势如骑虎，我管不了那么多了，就来个想当然吧。

药粒儿晾干已经是小下午的时候。我忽然心底有点儿怕。村长可不是个善茬。如果我做的药真管用，把他的鱼给药上来，他能饶过我？

最终我还是决定把药撒到汪塘里。因为就在我觉得害怕的时候，我又隐隐看到村长分鱼的场景、看到我钓鱼时村长家人对我的责骂和埋汰、看到暮色中满目狼藉的汪塘里，小伙伴一身泥一身水的窘样子。不过，我多了个心眼。药，没有撒到俺家门口的汪塘，而是撒到了东边的那个。不是有兔子不吃窝边草的说法嘛，在自己家门口撒药，太容易被人怀疑了。我暗暗为自己的小聪明得意。

到底还是害怕。撒过药后我就往家跑，真的是带着小跑的。一路上，我手心都快能攥出水来了。尽管是瞅了好一阵子，确定汪塘边没有其他人才撒的药，但我总觉得全村人都看见我撒药了，当然也包括村长。村长的眼中射出的光像刀子，能割人。到了家里，我依然是心神不宁，好像身后的眼光都跟着进院子里了。我赶紧跑西屋爬床上躺下来，并且用床单蒙上了头。

我脑子里那叫个乱。药死的鲢鱼、老村长怒目圆睁的双眼、爹手里的藤条，还有他面对老村长点头哈腰的认错模样……

当娘看到我在西屋的时候大吃一惊。娘说："外面都反天了。东汪塘'翻塘'了，鱼死一大片，人家都抢不少鱼呢。你还在屋里睡大觉啊。"

"翻塘"，也叫"炸塘"。就是因为天儿热、气压低，鱼塘里的鱼在水里缺氧，呼吸困难，会短时间窒息、漂浮到水面上，严重的时候，鱼会窒息死亡。

娘的话至少让我明白一点，那就是我的药管用。至于有没有抢到鱼，我才不在乎呢。还有一点也是大好特好，看来我朝汪塘撒药的事儿是神不知鬼不觉的，现在被"翻塘"给顶锅了，我心里安稳多了。

说的是心安，其实心哪里又能安得了呢。走在村里，我总觉得有人在背后对我指指点点。到了汪塘边，总觉得有鱼翻着白肚子，拿死鱼眼盯我，更为难的是我不敢见村长了。有时候若是碰着，我都会早早地躲开。做贼心虚，原来人家造词儿都是有凭有据的啊，我算是真实地体验了一回。

大约五六天之后吧，又出了一档子事。这回，不是让我心不安，是让我的心凉了大半截。

那晚上我和爹一起去河里洗澡，回来的路上，爹问我："东汪塘的鱼是不是你药的？"

我一下子怔住了，杵在原地儿老大一会没有迈开步。

爹知道我肯定是被吓着了，他后退两步拉住我的手，说："村长不怪咱了。村长还让我不要打骂你。村长就是说你这孩子怎么能干那事呢。药鱼，可是犯法的事。"

四年之后填写高考志愿，我没有跟家人也没有跟老师商量，三个志愿我都填报了跟医学有关的院校。

特别是读高三之后，我心里常常会想起那被判刑的哥俩，想到我莽撞的药鱼经历。当然，也会想到，一样的原料，人家哥俩是把鱼给麻醉了。而我，是把鱼给整死了。我特别想走近鲁米那，想深入了解鲁米那。任何药材的发明和推广使用，最终目的都是为了治病救人。但事物都有双刃。好比一把斧头，在匠人手上，它是可手的工具，可以提供便捷。可在恶人手中，它就会瞬间变成凶器。我想尝试着去学鲁米那有用的那个刃面。

我很幸运。又是五年之后，我成为一名外科医生。

那些年里，我求学、工作、安家，在不同的城市游走，貌似跟涧溪越离越远，可是骨子里我又深知，我是涧溪人，我的根在那里。涧溪的山水跟我体内的血液是一样的，大到山、水、田畴、树木，小到花草、落叶和飞鸟，涧溪的点滴都藏在我心里最柔软的地方。但我又害怕回涧溪。其实我也清楚，我应该是害怕见村长吧。

我结婚的时候，婚礼本来是要在城里举行的，可爹和娘说这样不好。回头庄子里的人会说咱忘本，还是要在村里办的好。

我依了爹娘。爹娘也请到了村长，并且跟舅舅们一道安排在正堂屋主桌就坐。

那天，我是红着脸、低着头给村长敬酒的。按照家乡的习俗，我给村长端了三杯酒。村长没有丝毫的打眼，连续干了三杯，中途都没有搛菜。喝干了三杯敬酒之后，村长还连说了三个好字。村长接着说："之前我就看你是个有出息的孩子。果然没有看错，现在多好，咱庄上第一个大学生，吃公家的饭，在城里安家，有出息。不像俺家的老三，不好好学，只能在家扒土坷垃了。"

从始至终，我都不敢看村长的脸。

喜宴结束后，我爹说，从来没见过村长吃喜酒吃得这么畅快。这酒，村长吃得爽快，吃得尽兴。

我是在 2019 年 3 月底回涧溪的，马上就要清明了，顺便祭祖，我想我也该回涧溪一趟。

五年的时间，涧溪发生了天翻地覆的变化。可能这一切变化的根源都在于艾山变成了风景区。这是村长家小三子的手笔。也就是我的那位发小。那家伙，你别看当初读书不咋地，可当了村官，那能耐，比他老子有过之而无不及。发展养殖业、种植业，修桥造路，使的都是得人心的招。而拆除艾山砖窑厂、恢复植被、大搞绿化，请示上级主管部门把艾山建成风景区，绝对是大手笔。这也让之前居家闲散的一部分中老年人都找到了岗位，众人更觉暖心。原本通往艾山的小道现在是双向四车道的水泥路，两边植有银杏、青槐，都还很娇小的样子，有斧凿的痕迹，但看起来让人欣悦。小武河两岸也规划成了绿化带，有水杉、有垂柳，也有桃树，俨然一派城镇风光。如果我不是生于斯长于斯，初到这地儿，是会觉得惊艳的。

我在村子里转悠一圈，总觉得少了不少当年的气息。不要说是茅草屋，就算是曾经的"腰穷"（上瓦下砖石，中间为土质）房也看不到了。两层、三层小楼随处可见，而且不少小楼的外层还都贴了瓷砖，一派富丽堂皇的景象。我自然要去看早年间的汪塘，可惜它们都不复存在了。据说是因为村里宅基地紧张，村里安排给填实了，留待分给村民盖房子。那一刻我竟然心生悲戚，谁动了我童年的荷塘？这样婉约旖旎的句子毫不费事跃入脑海，而后是数不清的童年往事碎片，它们清晰又模糊，真实又虚飘。

更可惜的是老村长在两年前过世了。五十知天命，我想我早已迈过了心中的坎，现在，我是可以直面老村长的，可他，却离开了涧溪村。

结束了白天的应酬，我选在晚上去看老村长。

新建的村公墓就在小武河堰渠的外侧，老村长是最先入驻的一拨人。看守墓园的独身老人认识我爹，他把我领到村长墓碑前就离开了。

墓园里没有路灯，正是深沉模样。空中没有月亮，星子也不密，三两颗那样的况味，于我而言倒觉得是恰到好处，夜幕下的宁静和我心中的平静是相同基调，这样的氛围最适合倾诉。我是携着忏悔来的吗？我觉得不尽是。

农历的二月底，乡间里晚风多少还透着寒意。是那种轻微的，风一扬，脸面、手背就会被轻轻地啄一下。它也会沿着人的衣袖口或者领口呲溜一下钻进去，让你微微一颤。也许是因为晚餐进了酒的缘故，体内有一股燥热之气在升腾，这乡间的晚风正好舒缓了那股子燥热。

光线有些暗，我看不清墓碑上老村长的面容。但我知道村长的脸一定不会是虎着的，该是自然的、放松的，应该还有笑容，透着乡村里寻常人都有的和善。

依照乡间旧俗，我给村长行了跪拜大礼。我把随身携带的一瓶鲁米那片剂摆放在村长的墓碑前。那是我第一年参加工作时买的，而今早已过期多年。同样的一瓶鲁米那，在许多年前我曾买过一次，那时候，我年少轻狂、无知。

我说："老村长，走了这么多年，直到今天我才敢直接面对您，可您已经看不到了。我感激您！也感激鲁米那！这么多年里，我没再走过岔道，我尽心尽力地救死扶伤，这不仅仅是工作和责任，也是救赎。"

亲亲木头

1

魔咒。

燕三觉得自己像中了魔咒，自从来到了月城，生活总是跟搬家有着千丝万缕的关联。那年从皮坊街搬到新城河路，并且开始从事搬家的行当后，燕三想，也许从今而后自己就可以常住这儿了。给人搬家，那是自己的饭碗。

可事实并没有如燕三所愿。

燕三第一次搬家，是从一个叫汤汪的村子，搬到皮坊街。汤汪是乡下，皮坊街是城里。你单从那名字上，就能感觉出来，街，就是街道。有门牌，有号码。不像汤汪那地，就是一个村名。写信收信都不方便。当然燕三不写信。一者燕三识不了几个字，写不来信，再有，燕三写信也没地儿寄。那阵子燕三是看对门的牛东东常收信，也常写信。在一张简易的方木桌上，牛东东会写得很投入，偶尔还会沉思一会。燕三喜欢偷偷地看牛东东写信，上面肯定写的都是些不愿让别人看到的悄悄话。

燕三知道牛东东是给他才过门的女人写的。两个月前，牛东东才回老家办的喜事，据说本来是要把女人一起带过来的，后来考虑月城这边暂时条件还不够好，先压下了。

那次搬家，说简单可以，说寒酸吧，好像也合适。燕三自己有三轮车，脚蹬的那种。把简单的衣物、吃饭的家伙装车上，三轮车都没满，一趟头就搬皮坊街了。

中途燕三还碰见了牛东东。牛东东骑着自行车，看到燕三也没下车，就直接刹住车，一脚踩踏板上，另一只脚踩地跟燕三说话。他说自己刚从邮局寄信回来。还说你老弟兄搬家也没帮上手。以后可别忘了这地，要常回来玩。

燕三嘴上应了，心里说谁跟你玩啊。我是出力气的，你们都是混子，不一条道呢。

脚踏三轮车就是燕三赚钱的家什。燕三用三轮车帮客人送货，有时候也会给客人搬家，差不多都是些租房住的外地人，只有些许居家用品，像燕三自己这样，满打满算的一三轮车大抵可以搞定，稍微复杂点，也就是跑个两趟三趟吧。至于他牛东东具体是做什么的，虽说是门对门一起住了三年，燕三还真没搞清楚。有人说牛东东是给歌厅看场子的，也有人说是放黑钱的。但日子好像过得还够滋润，常常呼朋引伴，胡吃海喝的，往来人等，多有身上文龙刺凤的，特别是夏日里，赤裸着上身，很晃眼。燕三不怎么愿意跟他们多掺和，怕惹是非。

搬到皮坊街之后，燕三觉得过日子的空间大了许多。说起来这样感觉可能是存谬的。在汤汪，那个空间才叫大。大的村庄、道路，大的天空、田畴与视野。可在燕三心里，那是空旷。

晚上不少地段还没有路灯，样子有点像自己乡下老家的村子，一到晚上黑漆麻乌的。燕三怕黑，燕三喜欢光亮。有光，燕三觉得暖，觉得安生。而皮坊街呢，跟汤汪不一样。尽管事实的空间比汤汪逼仄许多，仰头看天，也只能看一小片，但穿过街巷就是大马路。白天燕三在这些街巷和大马路上奔波，和车流、人流一起行进，像鱼群在水中起起落落，燕三不是单一的，他身边有伴，有声响，有那么多人作陪，燕三心里敞亮，干活有劲头儿。

晚饭后燕三不愿意待在出租屋里。一个人对着一屋子的死寂，燕三心里会发慌。那种无名状的、隐隐的、虫噬般的疼会让燕三坐卧不安。出门转悠有三条路可选，向东。向南。向西。燕三喜欢朝西走。那是一条窄而长的巷子，北边是医药公司的后墙，南边是汽车客运站的北围墙。正好这俩单位都算得上燕三的衣食父母。更多时候燕三都是在这两家门口等活儿。

巷道窄而长，平时除了皮坊街老居民及租住附近的外乡人想抄近道才走这里。更多的时候行人稀落，两边墙根生了不少野草、小杂树，深的地方都有一人高。巷道里偶尔还能看到一小堆一小堆的生活或者建筑垃圾，起风的时候，废物碎片和尘土会在巷道里打旋儿，给巷子添儿分荒芜痕迹。所幸巷子里隔一段路就有一盏简易的路灯，不然燕三不会选这条道走。

出了窄巷子眼前便开朗了，迎头是汽车站站前马路。白天燕三常在这边等活，无非是出站的乘客行李多了点，连人带行李，燕三便一车载了。近处的，能得个三五块。远一些，也就是十块钱的脚力吧。燕三很满足，总说这又不要个本钱。至于力气嘛，是使不完的。

　　穿过站前马路再朝西走一节地，就是荷花池。这儿是个公园，是那种开放式的，没有围墙，不收钱。名字叫荷花池，自然是长荷花的地方。夏日里荷叶生得野，满池塘都是，当然也有荷花，红的、粉的、纯白的，把池塘水面遮挡严丝合缝的，偶尔一阵晚风起，荷叶摇摆，你碰我，我碰他，发出沙沙的摩擦声。荷花差不多都是高出荷叶的，在风中摇摆，有点像是在独自跳舞。燕三喜欢坐在一座格外陡峭的景观桥上看荷花，桥陡峭又高，看得远，也纳风凉。正好从皮坊街一路走来，稍有脚乏，权当是小憩。

　　晚间的荷花池公园游人不多，三三两两的，多是附近居民饭后出来纳凉。成双成对的多。也有携带孩子的，那情形就平添了欢快气氛，多是孩子跑在前面，后面的父母也不急，任凭孩子恣意。这时候，燕三就会把目光从那些荷叶、荷花身上移到孩子身上，常常看得痴了。燕三记不得自己曾拥有过这样的快乐时光。

　　从景观桥上下来，燕三还喜欢去看那块太湖石。太湖石立在水边，旁边有石凳。燕三在桥上坐久了，不愿再坐。燕三喜欢用手抚摩那石头。石头叫太湖石，应该是从一个叫太湖的地方挖来的吧。从水边来到水边，总还算好。那石头硕大，个头比燕三还高。石头身上多孔，风稍微大些时候，那些穿过石孔的风能奏出声响来。像什么呢？这得看风速。风大而急的时候，是长啸，一阵风过，还有余音。风小而缓的时候，那就像两个人之间闲谈了，有窃窃私语的意思。燕三觉得这石头像自己。

后来有一个晚上，燕三和丁荷花一起坐在石头边的石凳上。燕三告诉丁荷花，有一阵子曾觉得这太湖石像自己呢。

丁荷花很奇怪。

燕三说，现在不觉得像了。我经常来这儿看荷花，老天就送了朵真荷花来陪我。现在，我不是一个人了。石头还是它自己呢。

丁荷花一下子就明白了。丁荷花把屁股朝燕三跟前挪了挪，上半身都贴到了燕三身上。

2

这是公元 1996 年。这一年，燕三 28 岁，丁荷花 32 岁。燕三在月城经历了第二次搬家。

新住的地还在皮坊街，跟之前隔了两户人家。地方宽敞多了，有里外间，有个公用的小院子。门前还搭了简易的小棚子，放煤球炉子。省却了在屋里煮饭折腾出油烟来。

有了女人，就有家的味了。燕三特意从旧货市场买了张四方桌，四条凳子，还买了件不大不小的衣柜，给丁荷花用。

燕三每天依然去医药公司或者汽车站门前等生意。但和之前不一样，现在每天中午到了饭点燕三都会回家。回家之前燕三还会绕道附近的菜市场，买些青菜萝卜、豆芽、土豆啥的。隔三差五的燕三会买一只三黄鸡或者一尾鳊鱼，也可能是斤把五花肉。人不能光吃素，那样人会没精神的。有大荤，力道才续得上。

丁荷花很会烧菜。一根寻常的青萝卜，她都能做出花样来。丁荷花还会用山芋粉做成凉粉块，黑黝黝的模样。丁荷花红烧凉粉是一绝，比月城街道凉粉摊卖的凉粉好吃百倍。

有一次吃饭的时候丁荷花问燕三怎么从来没说过要喝酒呢。

燕三一愣。说我不会喝酒。稍微停顿后燕三又补充说自己也不能喝酒，早些年喝过一回，身上起红疙瘩，痒呢。

丁荷花说那是酒精过敏。丁荷花还说不能喝酒好。

燕三心里不清楚丁荷花说"不能喝酒好"的具体所指，只能含糊用"嗯"声回应了下。

身边有了伴，燕三去荷花池溜达的次数明显少了。特别是后来丁荷花找了份半天班的差事，下班到家，要烧饭、要洗衣、打扫收拾的，晚饭后就懒得动了。丁荷花不愿去，偶尔燕三还会自己去转转，但心境跟之前早已大不同。无论是看荷花、看游人，还是太湖石边听风，都是天蓝地阔的心情。当看到有夫妻带着孩子从身边经过时，燕三心里也没了往昔的心堵。燕三不想过往了，燕三心念着也许时日不长，丁荷花就会给他生个儿子呢。

从荷花池公园朝皮坊街走，燕三心间更是愉悦，就像敲着小鼓。燕三知道，回到出租屋，里面有人、有光亮、有浓浓的过日子气息，柴米油盐都可亲。

虽然两人一起过日子，但对于丁荷花的家事燕三知道得不多。丁荷花自己不说，燕三也不刻意问。除了年龄，燕三知道的就是丁荷花在老家有个九岁的儿子，上小学二年级了，是丁荷花的父母给带着的。

差不多每个星期天的傍晚，丁荷花都会去临近的小卖部给她儿子打电话。丁荷花说星期天打长途，话费是半价。

电话要打到她们村长家，丁荷花娘家没有电话。每次打电话都要打两次，第一次让村长家人去通知父母带小孩子过去。然后挂掉电话等上个十分钟左右，再打第二次，这一次肯定是丁荷花儿子接。丁荷花跟儿子会说上好一阵子话，然后是丁荷花的妈妈再接，通话时间就短多了。

她们通电话，燕三一般都会走开点，尽量不去听她们说话，但偶尔也能听到点零碎，不连贯，貌似丁荷花家里还有男人，她们好像还说到了酒。

燕三说这样打电话怪麻烦，等过些日子，给家里打些钱去，让家里装一部电话吧。

丁荷花嘴上说费钱呢，但心底是盼望着能给娘家装电话。

只是燕三说的这个"过些日子"拖了够长时间。丁荷花和燕三在一起的第三个年头，燕三给丁荷花 2000 块钱，让她打给她妈妈装一部电话。那时候农村里装座机价钱降了好多。早就用不了 2000 块钱了。丁荷花开心了好几天，丁荷花知道这是燕三的一份心意，是拿女婿的身份。当晚两人恩爱的时候，丁荷花格外尽心。燕三说自己累得跟个孬熊一样，但舒服、满足。

尽管是给家里装了电话，但燕三一次也没跟丁荷花的家人通过话，好像丁荷花也没有提过这事。每次丁荷花给儿子打电话，燕三依然是在稍远的地方等候。燕三只是把那个电话号码记在了心里，还有区号。

日子过得有起色，人也跟着精神。更难得的是那段时日，送货的生意也出奇地好。燕三几个同行差不多都淘汰了脚蹬三轮，换成了马自达。还有一位更牛，直接去隔着一条江的京口城提了辆幸福250。那家伙，烧混合油，力道大，能装货，更能跑远途。燕三羡慕得不得了。

可燕三手上的钱不宽绰，只能选了个折中的方法，加了蓄电池和小电机，改装了一下脚蹬三轮。这下也就成机动车了。头晚上充足电，够第二天全天跑的。简陋是简陋了点，但比起之前费力脚蹬，总是够美的。燕三说花了钱不冤枉。

3

燕三33岁那年，丁荷花突然提出要回老家。尽管燕三心有不愿意，但又不能开口阻止。

丁荷花的儿子在学校里玩高低杠，摔折了腿。这母子连心，燕三知道就算自己开口阻止肯定也阻止不了，不如由着她去了，只要丁荷花心里还念着自己的好，自然会回来的。

临走的头晚上，两人并排躺那儿好一阵子都没言语。

丁荷花知道燕三的心思，她半侧了个身，用上身的一小部分压在燕三的胸前。丁荷花说："伤筋动骨一百天，我这趟回去，多则三个月，少说两个月就回来。你放心好啦。还有个事要给你说呢。咱在一起都五年多了，一直没给你养个娃，是因为我身子里有环（节育环）哩。主要我也是想，咱这日子过得紧巴，养个娃怕负担不起。这趟回家，我就先把环拿掉，在家两个月顺便也调理调理身子，等一回来，说不定就能怀上呢，到时候给你也生个儿子。"

丁荷花这话说得真，说得动情，好比一剂良药，一瞬间就治愈了燕三的悲戚。

丁荷花走了，好像把燕三的魂儿也带走了，整个人都蔫了。干啥都不带劲，吃饭饭也不香，煤球炉子常常是熄着的。特别是中午的饭菜，差不多都在外面路边摊对付了。原来天天跑的菜市场现在也没心思去了。晚上对着一屋子的灯光，燕三常感到无所适从。现在是看板凳不是板凳，看桌子不是桌子，好像睡觉床都是歪的。衣柜里还有丁荷花没有带走的冬衣，燕三总想打开看。

丁荷花走的时候是春三月，现在都快入伏了，还没见她回来。人暂时没回来，可不能让过冬的棉衣霉了，燕三前后给晒了两三次。有一次收了衣服，燕三没有朝衣柜里放，就堆在床上，燕三搂着丁荷花的棉衣，伴着丁荷花的气息美美地睡了一宿。晨间醒来，燕三发现身上的汗气和口角流下的涎液洇了丁荷花的绒毛衫，燕三一个劲地自责，燕三顾不上吃早饭，先去把丁荷花的绒毛衫给洗了。

有几次燕三都走到丁荷花常打电话的那个小卖部了，燕三想打电话问一问丁荷花，啥时候能回来，但每次燕三都忍住了。燕三怕给丁荷花添乱，燕三更怕这个电话一打，丁荷花就更不能回来了。

四个月过去了。燕三没有盼来丁荷花，却把自己送进了医院。

送货的时候，路右边停放的一辆大金杯挡了燕三的视线，燕三常速行车，没想到从金杯车后身突然出来一位骑小三轮的老年人。直行，肯定就撞上了。加了电机的三轮有速度，又是重载，力道自然不小。老年人绝对会受伤，也许后果会更严重呢。就算是只擦了点皮，这去医院东检查西检查的，自己也负担不起啊。电闪雷鸣瞬间，燕三选择了向左猛打转。

结果可想而知，车翻了。人和货都被甩到了路牙下，更要命的是倒下的三轮车车帮压住了燕三的左小腿。燕三的左腿骨折了。

骑小三轮的老人闯了祸，眼见身边没人，竟偷偷地溜了。幸亏一位好心的出租车司机给报了警，才把燕三给弄进医院。

4

燕三养了两个多月，一等到不用拐杖可以走路，燕三赶急着去扣压场要自己的三轮车。

几经奔波，三轮车是要回来了，可已经形同废物。电机和蓄电池肯定是报废了，前轮圈扭曲，三条外胎历经两个月的风吹日晒，早已不成样子。骑着不走，推着受累。刚好来了位敲锣收荒货的，150块钱，燕三把自己吃饭的家伙什就这样给处理了。

经过一上午折腾，燕三那条伤腿又开始隐隐作疼。这份疼是在身上，其实燕三心里也疼。眼见收荒货的拖着自己的三轮车越走越远，燕三心说这下自己真的是身无长物了。多年攒下的积蓄除了给丁荷花一部分带回老家，剩下的差不多都给医院了。这像什么呢？怎么就觉得像自己在月城绕了一大圈，又绕回原点了呢，就跟自己才到月城时候差不多。可那小十年的光景呢，都能一手抹去吗？

燕三微跛着脚，慢慢朝回走。时令已是中秋，行道树不时有落叶飘下，那些树叶落到燕三头上、身上，然后再滑落到马路上。有时候燕三会踩到落叶，落叶并没有全干，脚踩落叶的声音还不够清脆，只能发出咯吱咯吱声，燕三忽然就格外中意那个声音，接下来燕三的步子就透着滑稽了，本来一只脚就有点跛，现在他又开始带点跳跃式的行走，尽量让每一次脚落下时都能踩到一片落叶。以燕三当时的年龄其实根本不算老，但他的头发有一阵子没有修剪了，下颚有微虬的胡须，最明显的是那一张沧桑的脸，再加上他那滑稽里带着怪诞的步子，行人一定是把他当成精神病患者了。

有个人挡住了燕三的去路，阻挡了燕三弓身正欲起跳的姿势。

燕三依然保持着弓身的样子，抬头看挡住去路的人。先入眼的是一条明晃晃的黄金链子，从面前人的脖颈间坠下来。再朝上是一副墨镜，是板寸头……

挡路的人摘下墨镜，说。

真的是你啊！燕三，你这是在干吗呢？

这回燕三直起了身子，直起身子的燕三比挡路人还是矮了几分。仰着头的燕三一脸愕然。这人面熟得很，怎么就想不起是谁了呢。

我。牛东东啊，在汤汪。

燕三脑路一下子就通了。是了，这是当年在汤汪住门对门的牛东东，在一起住了三年呢。自己一直都说人家是混子。现在看这身装扮，混得真有点不赖。

燕三不想回皮坊街，便接受了牛东东的邀请去他公司看看。

牛东东的公司开在新城河路上，叫东哥搬家公司，知道了燕三这几年的遭遇后，牛东东拍着胸脯打包票，说只要兄弟不嫌公司小，随时欢迎来公司上班，这儿吃住都方便得很。公司眼下开张才小两年，还是处于创业阶段，慢慢的，东哥搬家一定会做得更大，更强，到那时候，对于老员工，是要给股份的。

牛东东带燕三上下前后都看了个遍。公司租的是临街两层楼，一楼一分为二，一半做公司办公室，另一半租给人家开美容美发店。二楼面积大些，当员工宿舍，另辟有厨房间。当初常跟牛东东通信的女人，和牛东东已经养两个娃了。除了带娃，她还负责公司人等的一日三餐，晚上，他们一家四口不住员工宿舍。

燕三没有当场答应牛东东，只说自己这条腿还没有完全好呢，要再养一阵子，等养好了腿伤，再来上班吧。

送燕三走的时候，牛东东递给燕三一张名片，让燕三有事情直接打电话。燕三看到名片上除了公司的座机号，还有一个手机号码。

5

又过了十来天的光景，燕三最终决定去牛东东公司上班。想想其他再也没有更好的去处了。只是，燕三暂时没有搬公司去住，燕三还想着守住皮坊街，守着这个他跟丁荷花共同的家。燕三怕有一天丁荷花回来找不到他。

去搬家公司上班，早出晚归的，皮坊街的住地便成了真正意义上的宿舍了。一日三餐在公司吃，再不用燃煤球炉子，一应锅碗瓢盆也都闲置了，四方桌和板凳上都积了一层灰。夜半时分，燕三常常会惊醒。燕三睁大眼睛静静地躺在无边的黑和深深的冷里，燕三觉得床就像是一座冰窖，自己被数不清的冰块束裹着，不能动弹，一动，那些冰块就能扎到自己的肌肤。

在那个冬天，燕三一直怕冷、怕风。就像自己到了风烛残年，没了丝毫的抵御能力。燕三特意跑到劳保商店买了一件草绿色的军用大衣，白天裹在身上，夜晚就压在被子上面。

年后一开春，燕三听了牛东东的劝，又搬了一次家。

在皮坊街多守了小半年，燕三死心了。从皮坊街到新城河路有七八里地呢，往来是多有不便。再者，住皮坊街这里，每月还要花费房租钱，燕三早已没有几个积蓄了，要不是牛东东月月发工资，只怕是房租都交不起。

为了燕三搬家，牛东东特意安排了卡车和工人跟着过来，有点兴师动众。方桌、凳子、煤球炉子、碗碟啥的燕三都不要了。燕三只带走了那个衣柜，衣柜里有丁荷花过冬的衣服。就算是如此，卡车箱里依然是空荡荡的。开车师傅说这是咱东哥搬家最轻松的一次活呢。

临走之前燕三把牛东东给的那张名片交给了房东。燕三告诉房东如果有一天丁荷花回来了，就让她去名片上的地址找人，或者打上面的电话，能找到自己。

卡车驶离了皮坊街。坐在卡车箱斗里的燕三眼睛始终是涩涩的，总想流泪。燕三知道，只怕这一辈子跟皮坊街都不会再有瓜葛了。

那时节月城变化够快，各个地片都在扩张，到处都是工地，到处都是隆隆的机器声，都在盖楼，而且越盖越高。有的楼层都要插到云彩里了。人们疯狂地买房子。买房子的人多，搬家的人也就多。东哥搬家真的如牛东东之前所言，一步步在做大。车辆增加了，员工也多招了。现在，人们见到牛东东，少有人再喊他东哥，无论是当面还是通电话，都牛总长牛总短的。

老板娘也不再给员工烧饭了。她带着俩娃住在新买的房子里，做起了全职太太，除了接送娃上学，几乎不到公司去。牛东东专门请了阿姨烧饭顺便做公司里的保洁。牛东东还聘请了专职会计，是一位才走出校门不久的大学生，人长得清丽可人，生一对小虎牙，一笑，两腮都有酒窝。公司也常接一些公家单位的活，结算款项时那诸如对公转账啥的，牛东东自己整不明白。外场有业务，牛东东就开上小车，带着会计，一出去，常常是一整天。

牛东东还给燕三涨了工资。在一次找燕三说话的时候，牛东东把自己不用的一部 TCL 手机送给了燕三。牛东东说自己才换了新款摩托罗拉手机，这 TCL 手机还七成新呢，正好给你用，以后找你也方便。

牛东东把自己的号码先给存手机里，然后演示给燕三看。燕三就让牛东东把心里记下的那个座机号也存了上去。

牛东东问，是你之前那个老婆的？

燕三说是。

走有几年了吧？

燕三说，六年半了。

6

牛东东送燕三手机后没几天，又找燕三说了一回话，这回说的是燕三的工资。

牛东东的意思是燕三每月领工资临时也用不上，不如就存公司的账上。当然了，也不是白存，每月的工资都会有利息的。存得越多，放得时间越长，利息就越高，驴打滚，利滚利嘛。

牛东东还说了，至于明细账，反正公司里有会计，每笔工资，每一分利息，都存电脑里，随时可以查看的。至于燕三若是想要用钱，吱一声，随时都可以提取，想提多少就提多少。

燕三还有什么不放心的呢，燕三早就把把东哥搬家公司当成自己家了。把钱存自己家里有什么好不放心的呢。

燕三根本不知道牛东东一边在做着搬家的买卖，一边还做着他的老本行。在社会上放高利贷。

有那么几次，牛东东特意拉燕三去会计那儿看明细账。燕三哪里看得懂，燕三知道反正自己没旷过工，也没请过假，每个月都会有工资，燕三就记个总。只是自己记的总常常比电脑里给记的少。牛东东说这就对了嘛，你又不会算利息，电脑都给你算得好好的，那多出来的钱，是你工资生的小钱。

可惜的是那些工资也好，生的小钱也罢，后来燕三是一个子儿都没有见到。燕三一直以为自己这后半生就托付给东哥搬家了，再也不用挪窝。燕三不会想到自己五十岁之后，又得来一次搬家。

两天没有见着牛东东，大家也没当回事，直到老板娘到公司找牛东东，大家才开始警觉的，手机始终处于关机状态，这牛东东失联了。同时找不到人的还有那位大学生会计。

老板娘起初还不死心，找了公司执照和财务章去银行一查，公司账户上竟然只剩下几十块钱。老板娘彻底明白了。牛东东携家私带小三跑了。他不要公司，不要家，也不要她们娘仨了。

更愁人的是牛东东出走之前公司的房租已经拖欠一个多月了。房东知道情况后给了五天的期限，要么交钱，要么走人。

平时牛东东对钱抓得紧，老板娘日常攒下的私房钱本来就不多，现在哪里还敢拿出来冒险，只能解散公司。燕三呢，想不搬家都不可能。

皮坊街是回不去了，那儿已经拆迁。车站也搬走了。更早时候住过的汤汪，现在是郊区，原先住的棚房也变成了安置房。其实住地倒还不愁，燕三心里嘀咕的是，这以后自己该干点什么呢？总不能买辆马自达，还去给人家送货吧？现在也不时兴了。不要说有搬家公司，有做货运的面包车，就是马路上也不允许马自达跑了，警察见了会抓呢。

多年一起共事，大伙还是有感情的。其他人差不多都有家有口，算是有退路，就他燕三是单身。大家都尽心献言。有建议燕三去摆摊卖水果、卖菜的，有让他再去找其他搬家公司上班的，也有让他去应聘保安的。最后燕三觉得还是开车师傅说的可行。

开车师傅让燕三去拾木头卖钱。

也许是做搬家这行久了，看出的门道吧。卡车师傅说，那些拆下的房梁、没人要的箱柜、沙发、桌椅凳子，不都是木头嘛。他就有位老乡专门拾木头，听说收入还不错呢。关键一个是自由，想歇就歇，想出工就出工，不受人管制。

有了就业方向，燕三便着手找住的地儿。想拾木头肯定就不能住城里了，门前得有点空地儿，好存放临时来不及去处理的木头。郊外当然是最好的去处。

找好了出租屋。燕三又一次搬家了。这一次燕三同样享受了大搬家公司的服务。卡车司机和两位前同事帮着他，把家搬到了郊外。大伙散去时，燕三盯着远去的卡车，出了好一会儿神。

燕三清楚，往后，这郊外就是自己的新家了。

7

　　燕三买了辆新电三轮。

　　燕三每天开着电三轮在郊区和老城区穿梭，哪儿有拆迁地，哪儿在翻建房屋，哪儿就有燕三的身影。大地、天空、高楼、摩登少男少女、灯红酒绿，都不在燕三的视力范围，燕三眼里只有木头。房梁、门窗、衣橱、箱柜，小到桌椅板凳，燕三都会将它们收入车中。凑够了整车，燕三就会把它们送到木料收购场去。一毛二分钱一斤，装最多的一次，燕三卖了100块钱。木头把电三轮的轮胎都快压爆了，弄得燕三心疼不已，直说以后可不敢这么干了，这是吃饭的家伙什呢。

　　在捡拾木头的空隙，燕三还常常心生幻觉。这些木头就是自己失散多年的亲人呐。木头从遥远的大山或者乡村也许是车载，也许是船运，一路颠簸，等于历尽千辛万苦才来到城里，木头在城里生根、过活，给城里人带来便捷和舒适，然后呢，木头一点一点消耗着生命，就像自己这样。现在，木头老去了，昔日身上的光泽消失殆尽，取而代之的是颓靡，是夹杂着腐朽气息的病态。在这个时候，木头遇见了燕三。燕三之前一直都是在给人搬家，现在，燕三就是在给木头搬家，给这些重新找回的、失散了多年的亲人搬家。燕三把它们从各自的散落地捡拾起来，搬到木料场，就是给它们找寻了一个好的安身场所，让它们的生命得以延续。一毛二分钱，是多么微不足道，但总还是有价值的，最起码，这些木头还不曾归类于不值一文的垃圾。

这样的幻觉常常折磨着燕三。那一刻，燕三就像灵魂出了窍，又像是一位梦游者。

燕三就是在一次心生幻觉时候翻车的。

燕三被重重地甩了出去。木头散落一地，电三轮侧身立了起来，悬在空中的那只轮子，还在轻微地转动。

燕三想把电三轮扶正。几根歪扭斜拐的木棍卡着车帮，燕三根本扶不正电三轮。燕三想去把那几根歪扭斜拐的木棍挪开，手上用力，小腿肚子竟然一软，燕三跌坐到散落的木头上。这一跌坐，让燕三心间一灰。燕三索性不再起来，而是身子朝后，直接仰躺在木料上了。

一直都说木头是失散多年的亲人，今天就让自己多亲近亲近这些亲人吧。

燕三一想到亲人这俩字，不由得打了激灵。燕三喃喃地说："俺也是有亲人的，俺也是有过家的人啊。"

燕三依然仰躺在一堆木头上，但他的右手没有消闲，从兜里掏出了手机。翻出了存在手机也是存在心底的那个座机号。直接拨了过去。

十好几年了，这是燕三第一次拨打这个魂牵梦绕的号码。

电话通了。

可话筒里传来的根本不是燕三殷殷期待的声音。那是个略带沙哑又有些干涩的中年男子声音。

燕三有点懵了，这是实实在在的意料之外。在燕三的念想里，电话一通，接电话的十有八九就该是丁荷花，退一步讲，

如果是个孩子接电话，燕三也还能接受，可现在，燕三左右为
难了，进也不是，退也不行，就那样傻愣着。

沙哑嗓子在连问两遍你是哪个没有得到回话后，直接把一
句国骂甩了过来。

在燕三听来，这骂声就是身下的木棍，它们都生了翅膀，
一起飞向空中，尔后携着呼啸，凌厉地砸向自己。

青涩

1

　　小武河从它的发源地山东柱子崮自北向南顺流而下，出苍山县境，便进入江苏的地面了。过邹家庄、涧溪，流经洪福山东麓时打了折，弯向了西南。在山之阳、河之阴，衍生了一处呈扇形喷射状的肥美土地，那扇尖处，便是丕城。

　　说丕城是个城，倒是有些夸张的，充其量也就是个乡镇吧。但既然称为城，总是有叫城的道理。丕城最早建成于清康熙二十二年（1683 年）。时任知州黄日焕勘定艾山之阳六里处作城址，城郭北枕洪福山，东濒小武河，向南隔河为石家花园。后虽不乏天灾水患，但经过历任知州的营建，也算颇具规模。清亡后，民国及新中国成立初期这儿一直都是县级政府驻地。

　　时间到了 20 世纪 80 年代，历经 300 多年沧桑的小镇虽说早已失去了一方政治、经济、文化中心的气概，但那时改革的春风业已吹遍乡村的各个角落，对于曾是县级政府驻地的丕城，影响更是有甚于偏僻村落。富足、快意及骄气，一览无余地写在小镇人的脸上。特别是那些年轻人，痞子气及穷人乍富的显摆心态恣意张扬。大街上高分贝的音响震耳欲聋地漫过来，唱的多是邓丽君和迟志强的歌曲，这一切无形中在影响着一个群体。

丕城中学就坐落在小镇的中心主干道旁，社会上的不良风气也在无时无刻不在侵蚀着原本洁净的校园。

1989 年春日的一个午后，这一天是星期四，高二文科班的课程是体育和自修。当时，体育老师也是一时兴起，便聚了班上 40 多名学生去游洪福山，直乐得一班学子欢呼雀跃起来。

出了校门，向东行走不足五百米，便到了街道中心的十字路口，往北望，就能瞅着洪福山坡了。小镇本来就是枕着洪福山而建的。走了一小节坡路，便见到了第一个景点。那是三皇庙，有三间正殿，红漆抱柱廊厦，伟岸突兀。庙院不广，有十多层台阶。进得殿来，便见供有三尊神像，都身高丈余，但漆彩有点斑驳，露出了泥塑的真身。体育老师还算有些学识，说出了所供奉的是三皇，也就是伏羲、炎帝和轩辕黄帝。并说出了当年炎黄二帝族人融会，婚嫁繁衍后代，才有了今天炎黄子孙的说法。

柳子成就拿着田诗尧的那架海鸥 120 相机，要众同学过去和那三皇合影留念。颜清梅却有些不依不饶，说子成你就省些胶卷吧，这才到山脚呢。

燕南风也有同感，就和着颜清梅说："就是的，三尊泥做的家伙，有什么好照头！"两句话就给大家浇了冷水，于是众人离了三皇庙，继续爬山。

一阵子急行慢进，终于到达山顶。虽说各人都有些气喘，但难掩勃勃兴致。也是的，终日闷在学校里，教室、食堂和宿舍都成三点一线了，心中的那种憋屈自是难以言传。眼下出得校门，有如打开金笼放彩凤。更何况高处风景，屏神敛气，胸中顿觉坦荡，一时学校就是云外之物了。

天泉、石舟、九龙探海，一路看过，体育老师便让同学们停在一块平坦些的空旷地休息。燕南风便立于一块石头上向山下的镇上看。街道脉络清晰，行人稀少，午后的小镇在斜阳的照射下静谧安然。再向南望，虽说看不到小武河的水，但河岸边的白杨新绿织成的绸带，还是把小武河的线条清晰地展现出来了，并且一直那样绵延着绿向了远方。

"来，南风，喝汽水。"接过田诗尧递过来的汽水，燕南风才算有点回过神了。

那一刻，燕南风并不是只顾着去看山下的风景。这已是高二的下学期了，本来当初到丕城中学来读书，就有人说是个错误，两年书读下来，预言得到了证实。这不是个好好读书的学校，好像有不少同学并不是把心思放在学业上，而是在混日子，只是为了那张高中毕业证书。

田诗尧就是那类同学中的一员。他是班里少有的几位富家子弟之一，他老子是临近乡镇的一名干部，是个标准的一家都吃皇粮的人。听说眼下他老子正有被提拔的可能，要是成了现实的话，那就是要升到县上了。诗尧家境富足，人就有点儿骄横，但对燕南风和柳子成又是格外地好，无论是在精神还是在物质上，对他俩都很关照。就像这次游山，胶卷、汽水，还有一些零食，都是诗尧一人出钱买的，并且每次都将食物和汽水亲自递到燕南风的手上，让燕南风觉得温暖，又如同有所依靠。

燕南风一瓶汽水还没有喝完，颜清梅就拎着相机大呼小叫地跑了过来："来来来，燕南风，我给你们仨铁哥们在这不胜寒的高处留个影。"

燕南风、柳子成、田诗尧便站到一起，任由颜清梅拍照。斜阳下，有汗珠儿挂在颜清梅的鬓角，燕南风就无端地想到了"梨花一枝春带雨"的句子了。

拍完照片后，颜清梅指着北方的一片黛绿问燕南风："南风，你的家好像就在北面，那葱绿一片，难不成就是你常说的艾山？"

燕南风说："是了，那就是艾山，它是咱这一区域海拔最高的地方，比咱脚下的洪福山还要高一百多米。我的家就在山的正东面，也就是三里路的样子。"

"单听那名字，就有些惹人喜欢呢，过些日子我们何不去那儿玩玩呢？"颜清梅说。

听了颜清梅的话，燕南风一时来了兴致："好啊，过些日子我们就去游艾山。但有一点需要说明，是艾山，不是爱山。一般人说这山的名字，大都会当作是爱山的。其实这名字是因了古时遍山生艾才得的。再说了，眼下也正是游艾山的最佳时节，山畔桃花盛开，山上绿叶叠翠，更有两峰对峙，峰下洞口潭水澄澈，最是怡人呐。"

燕南风一番诗意的说白，竟听得颜清梅有些如醉如痴，照颜清梅的话说，就如同游过了艾山一般。便执意告诫燕南风，说过的话一定不许反悔，等过些日子就游艾山。

2

游艾山的时间一样选在了星期四，只是出发的时间较游洪福山稍微早了点。中午放学后，大家草草地吃了些东西就出发了。当然人数比上次少得多了，共九个人，六男三女，分别是燕南风、柳子成、颜清梅、汤先明、花清、张浩、李珂、田诗尧，还有毛月怡。

本来艾山离丕城就不远，志书上说了，当年"黄日焕勘定艾山之阳六里处作城址。"燕南风等人又都骑着自行车，沿着307国道的分支线一路北上，也就是大半个小时的光景，便来到了艾山的西脚。几个人先找了户农家小院，把自行车寄存在那儿，而后就开始欢呼着往山上奔。

才到了半山坡，迎头先看到一处连片的桃园。斯时，正是桃花盛开的时节，桃花烂漫绚丽，色泽光艳，在暖暖的阳光照射下，愈显热烈红火。近看，却又花色各有异处，有纯红、淡红、深红，还有红白相间的花朵儿。花清和毛月怡忙着找花儿最密的地方，摆出自以为美妙的造型留影。颜清梅一见这阵式，忽然就想到了一句诗来，随口就说出了："好个人面桃花相映红呵！"

还没等花清和毛月怡反驳，燕南风率先来了兴致："面对如此人面桃花，各位能否倾其所学，多奉上些有关桃花的诗句来？颜清梅可是开了好头，男同胞们要加把劲，不要被比下去呵！"

汤先明首先接了话头："人间四月芳菲尽，山寺桃花始盛开。"

柳子成说："夹道桃花三月暮，马蹄无处避残红。"

毛月怡和花清自是也不甘示弱，脱口而出："桃花一簇开无主，不爱深红爱浅红。""最是桃花饶态度，醉花娇绿恼人看。"

众人七嘴八舌，倾其所能，唯有燕南风却是只在听，不曾说出一句来，这下颜清梅可不乐意了："好你个燕南风，提议是你的，现在大家都在较着劲儿，你却在那坐山观虎斗了呵？"

燕南风笑了笑，说："你们把好的诗句都说完了，哪还有我的份？也罢，我就给大家说个有关桃花的故事吧。刚才颜清梅说的人面桃花，就是和桃花有关的一个著名的故事。我的这个故事也是不一般的。说的是在汉平帝的时候，有这么两个人，一个叫刘晨，另一个叫阮肇。他们两人结伴到天台山采草药，中途迷了路。在他们腹饥体乏的时候，就看到远处的山上有些桃树，走到近前看了，是有果实的，于是就爬上去采几枚吃了，饥渴顿止，并且觉得体力充沛。后来又遇见两名女子邀请他们到家中作客。饭后，有一群侍女端来桃子，庆贺二女和刘阮二人成婚。他们在天台山住了十多天后，终因思念家人而要求回家。回到家乡后，没想到家乡早已面目全非，一问，时间竟是已经过去十世了。"

　　众人一时倒有点听得呆了，几名男生更是相互打趣，说对方若是刘、阮，会不会还想着要回家？颜清梅就笑骂几个人动歪了脑筋。大家说闹着，脚下的步子却是不曾停，一路往山上走。

　　又行进了一阵，众人就觉得身上生了汗意。只恼刚才在山下寄存车子的时候，没有想着要减两件衣服丢在那儿，于是纷纷去了外衣，拎在手上继续爬山。

　　终于爬上了南峰，回望来路，山路崎岖，但听松涛有声。再看远处那桃园依稀，却是看不清花的容颜了。向北望，北峰犹在近前，一样的淡清浓绿，较之眼前的近景，愈显苍翠。

　　就在大家四处张望之际，燕南风却随口吟出了清末丕城秀才惠克瑞咏艾山的诗句来："十里崎岖路不平，一峰才送一峰迎。青山似茧将人裹，不信前头有路行。"

　　听那诗意，却是正应了此刻的情景。一行人就先看了八仙台。那是传说中唐时八仙聚会的地方。接着又寻访了一回奶奶庙的遗迹，却只看到些断石残垣。有的石碑上还有字，却是看不太清晰，也不清楚具体的年代。燕南风就又卖了一回腹中所学，说了一回当年的住持陈谈成随八仙东游，却又未能渡过东海，回来后一气之下骑着扫帚升天的故事。

　　颜清梅竟是一句也听不进去，急急地要问那黑风口的所在。燕南风便随手一指峰下："你看了，那两峰之间的下身便是了，绵延有十里，当地的志书上叫洞石沟，只因下到峰底，见得山洞黑漆一片，又有自然来风，附近的村民都称它为黑风口。"

　　颜清梅一个劲儿地要下到峰底去看个究竟，众人合计却都投了反对票。这一路走下来，大大消耗了众人的体力，再说时间也已不早了，从目前情况来看，此次游山估计也只能到此了，若想游完整个艾山，只怕得用一整天时间来完成。燕南风也劝颜清梅就此作罢，奈何禁不住颜清梅的软磨，燕南风就让大家原地休息，由他自己带颜清梅下到峰底去看一眼黑风口。

俗话说上山容易下山难。长这么大，颜清梅还是第一次爬山，走得更是吃力，汗水早就挂在她的鬓角了，但看不出有疲乏的样子，相反，那种兴奋之情却又明显地漾在她的俊面上，时不时地还去拉燕南风一把，让燕南风在心底不由生出了一股佩服劲，觉得这个女子有些不简单呢，虽说她生长在县城郊，竟是全然没有半点儿娇惯气。

两个人好不容易到了峰底，踩着杂乱野草，向西又行进了有一里路，便来到黑风口。那地儿，果然是呼呼有风声，洞口处杂草丛生，洞口往上是峭壁，有一挂水流不急不缓地随意洒落。接水处是个水池，不大，却是清澈见底，落下的水柱砸出大小不一的水珠儿，顷刻间又融进了水池。而后面的水流又紧接而至，生生息息，循循环环不止。颜清梅早忘记了说累，也不再大口地喘息，似乎是怕自己厚重的浊音污了那份清悦。

看了一会儿后，颜清梅又分开了杂草，走近水池，先洗了把脸，接着就蹲在那水池边戏水，竟是全然不管燕南风。玩了好一阵子，看她样子竟是不愿意离去，不觉间前衣襟早已被打湿了。那时颜清梅的衣服已穿得很单薄，也还不知道穿胸罩，湿了水的衣衫紧贴到青春的身体上，就有点束裹不了少女初发育的乳房了。

　　也就是在这个时候，燕南风来到了她的身边，其实那会子他是想来催她快点回头的。就在那一瞬间，看到颜清梅有些隆起的前胸，燕南风的心一颤，便收回了目光，抬头看天，白花花的阳光。向两边的山上看，燕南风知道那是南北二峰，两峰一入心间，却又不自然地想起刚刚看到的颜清梅的前胸。就又将目光抛到了颜清梅的身上。那如阳光一样白花、如山峰一样高挺的前胸，让燕南风的心燥热起来，心里就有了份莫名的冲动。燕南风就举手探了过去，于目光聚焦处，手也停在那儿了。

　　颜清梅一定是吓得呆了，口中哼哦有声，传到燕南风耳中的却是："不能碰的，一碰它会长大的。"这样的话无疑起到了催化的作用，也壮足了燕南风的胆子，手就愈发不老实了。尽管颜清梅的前胸已被水潮湿，但燕南风依然感觉到那份光滑和坚挺。

　　李珂和柳子成找过来的时候，颜清梅的脸还是绯红的，像上山时路过的那片桃园里的桃花。燕南风就给李珂和柳子成说，颜清梅刚才跌了一跤，崴了脚脖子，现在还直叫疼呢。燕南风一说出这话，颜清梅就拿捏着样子，有些趔趄着往回走。

　　众人聚到了一块，下得山来，到了存车的地方，已是夕阳西下了。就在这早春夕阳的余晖下，就见有一群村民围着一位老者在说笑。一帮学生难免心生好奇，除了燕南风和颜清梅有点魂不守舍的样子，另外几个人便拥了过去看，却是个算命打卦的江湖术士。村民们只是围着说笑，却未见有要占卜者。大伙便回过身来撺掇着闪在后面的燕南风，让他过去算卦，南风不依。早有多事的田诗尧已掏了一元钱，交给了算卦先生，说又不要你出钱，还不快让先生算算，看有没有当官发财的命。一边说着话，一边就把燕南风推到了算卦摊前。

燕南风无奈，就蹲在了算命摊前。那先生像模像样地先问了姓名和生辰，燕南风一一如实说了。先生转而又问燕南风头上顶的是什么？燕南风一时间就有些诧异。花清忙着过去给抖落了，原来是刚才下山时，穿过那片桃园无意间头发上挂了桃花蕊儿。

先生沉思了片刻，说："看你虽貌不出众，但双目有神，鼻直口阔，当是有福之人。此地燕姓不多，你的名字中含一南字，立家之后当向南方发展，忌北归。再有，你们一行九人过桃园，独有你一人头挂花蕊，此生当与桃花有缘呵，善恶由君。"说过此言，那先生颔首含笑，似有一副仙风道骨、超然出俗之态。

燕南风却是听得一头雾水，不明就里，就问什么叫和桃花有缘？难不成我要种一辈子的桃树？

先生依然面含浅笑，却不答话。一村民说，就是常走桃花运呗。话毕，众人大笑，一帮同学也笑。

燕南风一下子就想到了刚才黑风口的一幕。在那一刻似乎自己的脑筋不再转动了，只记得有蓝天、白云，有阳光、南北二峰，再有，就是颜清梅半是惊恐、半是夹杂着复杂表情的眼神。要说自己那时还有思维的话，印象里，燕南风依稀中是看到晚雪了。

3

在艾山的正东方约三里处，于小武河中游的西岸上，坐落一个叫涧溪的小村子。小村子也就是一百多年的历史，村民以汪、柳两姓为主。抗战胜利前夕，据说是从徐州西逃荒来了户姓燕的人家，三口人，夫妻俩挑了个担子，带了个还不会走路的男孩子。当他们走到涧溪的时候，夫妻俩一方面是走得累了，不愿意再走，更有，也是看中这儿的山山水水，就在涧溪停下了脚步。

涧溪曾是国民党第五战区司令李宗仁所指挥的鲁南大会战的次战场。小村人饱经战争离乱之苦，对异乡落难的人也就格外热情。众人携手就在柳世厚家旁的空地上，给这燕姓一家人搭了个安身之处，也算是给漂泊的人安了个家。正好那时柳世厚的二小子才过了周岁，比燕姓孩子稍微大那么一点点，柳世厚就说，日后啊，这俩小子刚好可以做个玩伴呢。

俗话说：邻里好，赛金宝。更何况燕家乃是逃荒落难之人，在小村落了户后，对村人心怀感激，做人处世也时时赔着小心，尤其是和柳世厚一家，更是相处得像一家人一样。平常无论你家有活还是他家有事，都是不用叫的，当然个中更多的是燕家多出些力。而柳世厚又是那种实在本分的人，知道燕家人是低头过日子，需要接济的时候也是义不容辞，吃的用的常常让小孩子给送过去。而两家的小孩子，真应了柳世厚当初的那句话，是一对好玩伴，从小到大，都不曾红过脸，那样子到像是亲兄弟。

　　到了20世纪70年代中期，燕家第三代人降生了，是个男孩。据燕老头子讲，这已是他们燕家第五代单传了，并且从此往后一般都不会再生养。燕老头子给自己的孙子起名叫卡扣。卡住扣住嘛，就是希望自己的孙子活得平安顺利。三个月后，柳世厚的二小子也得了第二个男丁。柳世厚说愿柳燕两家世代相好，小家伙的名字就顺着卡扣，叫锁链，希望小哥俩卡扣连着锁链，锁链连着卡扣，彼此相帮，同福同贵。

　　四年之后的开春时节，苏北平原又落了一场雪，整个世界银装素裹。小孩子是最爱玩雪的，就在锁链和卡扣，还有他哥哥文选，一起在院子里玩雪的时候，锁链的妹妹踏着雪来到了人间。柳世厚给她起名叫晚雪。而燕家媳妇真如四年前燕老头子所讲，从那后就没有再生养。

　　因了上一辈的深厚交情作为基础，卡扣和锁链两个自打怀抱着起，就在一块耳鬓厮磨，稍长一点后，自然就成了形影不离的好伙伴，锁链常常宁愿撇下了亲哥文选，也要和卡扣一块玩。可以这样说，两个人除了睡觉外，大抵都是在一起的。那情形就像评书里说的，"孟不离焦，焦不离孟"。从穿开裆裤时玩石子、捉迷藏，到稍大了满村疯跑，一般人是不能把他俩分开的。寒冬里，一到晚上，卡扣和锁链最喜欢到村外的麦地里玩放刷把。刷把是母亲刷锅用的物品，用的时间长了，就弃之不用了，身上是没了上挠的，只剩个把子了，由于长期用它刷锅刷碗，浸足了油腻。在太阳下晒干，是很耐燃的，把它带到野外，点着火，在空旷漆黑的麦地，把着了火的刷把往空中用力扔去，一道火焰直射空中，落下的时候，一如上升时火焰闪得老亮，于火焰的明灭间，映衬着他俩欢快的脸庞。

卡扣和锁链一边奔跑，一边嘴上还是不闲着，念出的是隐含一份祝福的儿歌："刷把溜溜灯，一棵高粱打半升；刷把溜溜洋，一棵高粱打半场……"歌声与火焰，在冬日的夜空传递着快乐和温暖，时间不长，他们就能玩出一身汗来，若是大人不叫唤，就算是刷把燃完了，他们也不愿意回家。

到了夏天，就是卡扣和锁链最快乐的季节。正午的阳光从万里晴空肆无忌惮地倾泻下来，大地及其附着物都无法拒绝，除了干裂外，也便只有打蔫的份了。不知疲倦的是那些蝉儿，隐在枝叶间，把心间的不满鸣向天空。偶然荡起的微风，让河滩地的芦苇、堰渠上的白杨瞬间生动起来，但终究也只是一瞬间的事，微风过去，那样的寂静、枯燥和干裂，便又成了真实的主角。于这样的高温下，却是有个例外的地方，那是粼粼的河水里，卡扣、锁链、文选，还有其他的小伙伴，已经在水间嬉戏大半个上午了。河水透着凉意，让夏日的阳光受挫，让他们的身心欢乐，只是长时间在水里浸泡，已让他们手脚的皮肤发白、发皱了。倒猛子、打水仗一样也消耗了他们的体力，饿的感觉就悄然爬上了各自的心间，锁链就会又一次把主意打到了河对过驼伯的瓜田上。

过了河，翻过河堰，还要过一条水沟，才能到达驼伯的瓜田。驼伯看瓜的棚子就在水沟边不远处，幸好瓜棚的一角被一块玉米田给挡住了视线，如果小心些从水沟里爬过去，通常是不易被驼伯发现的。再有，正午的时候，因为天气的原因，驼伯多半也都是要窝到棚里休息或是乘凉的，他们选的正是个绝佳的好时候。

水沟不深，底部长着一些绿油油的水草，很滑。按说爬过去是很容易的，但当地多水蛇，冷不丁就会遇见，虽说卡扣、锁链都不怕蛇，平时逮到蛇，锁链还喜欢抓住蛇尾巴，一个劲儿地甩圈，直到把那蛇甩得晕乎乎的，蛇就没了本事，拎回家就是他爹的下酒菜了。但在当时的场合下是不方便这样处理的，怕弄出了声响来，惊动了驼伯，那样就前功尽弃了。

驼伯的瓜田里种有西瓜、烧瓜，还有烂瓜。三种瓜里，他们通常最喜欢吃的就是烂瓜。烂瓜还有一个很形象的名字，叫"窝五"。之所以有这样的名字，是因为它不挂果则罢，一旦挂果便是一窝五枚，很高产呢。再有，瓜未熟时它是苦的，一等瓜熟透了，那份香能溢出瓜皮呢。真是吃到嘴里、甜到心里。还有，偷这样的瓜，不用担心识不识熟瓜，你只要用鼻子闻闻就可以了。

得手后，游回河对岸，便可以快乐地分享自己的"劳动成果"了。这些"劳动成果"如果吃不完，也是不敢往家带的，那样就会挨打。任你玩到多晚不会挨揍，但要是父母知道自己的孩子偷了人家的东西，那是会不客气的。

锁链虽说是比卡扣小三个多月，但是身个儿却是稍猛于卡扣，这样在外面玩耍的时候，有其他的小孩子要是想欺负卡扣，锁链常常充当卡扣的保护人，让其他小孩子不能得逞。

那些日子里，卡扣和锁链无论到什么地方玩，通常身后都是跟有一个跟屁虫，那是晚雪。锁链嫌自己的妹妹是个女孩儿，

常常不愿意让她跟着，倒是卡扣，看待晚雪像亲妹妹一样，走
到哪儿都护着。骑竹马、唱儿歌的时候，卡扣亲切地说晚雪是
沙和尚。这当然是因为那首儿歌了："唐僧骑马咚那个咚，后
面跟个孙悟空。孙悟空，跑得快，后面跟个猪八戒。猪八戒，
扛耙子，后面跟个沙和尚。"

锁链总是在前面疯跑，卡扣要照顾晚雪总也跟不上，当然
落在最后就是"沙和尚"了。不知道内情的人看那样子，还以
为晚雪真的是卡扣的亲妹妹呢。

卡扣和锁链去上学的时候，是一道去报的名，并且坚持要
坐一个桌。在学校里，卡扣起名叫燕南风，锁链是柳姓子字辈，
老师给他取学名叫柳子成。可是这两个家伙相互间很少叫对方
的大名，一如既往的锁链卡扣地叫，弄得一些任课老师常把他
们当成是亲哥俩。当卡扣和锁链读到初中三年级的时候，小学
还没有毕业的晚雪说什么也不愿意再继续读书了。那时柳世厚
还没有去世，就说女孩子不念就不念了，还不如在家织苇席呢。
柳世厚私下里还跟燕老头子说过："要是锁链和晚雪换个个儿，
那和卡扣可就是段上好的姻缘呐。"

涧溪坐落在小武河中游的河岸上，河滩地里长的是成片的
芦苇。涧溪人祖上就留下了个织苇席的手艺，几乎家家都会。
也就是这样的一个手艺活，让涧溪在邻近的自然村里还能称得
上是个富裕村，当然真实情况是算不上怎样的富裕，但至少是
不受穷的。也就是出于这样的心态，柳世厚才说出让晚雪织苇
席的话。你别说，晚雪上学不怎么样，但学起织苇席来，竟是
一点就通，且一通就精。一般的几道程序，开、顺、织、封，

是样样不让人。直乐得柳世厚常对人说，你看俺小孙女天生就是织苇席的料，才入门就超过许多老手了。

终于卡扣和锁链要到丕城去读书了。因为丕城离家相对较远，是要住校的，每星期才能回家一次。但就算是回家了，尽管也老大不小了，多数时间都是不帮家里做什么事情的。更多的时候，还都是满村子疯跑。

除了疯玩之外，卡扣最高兴的事就是去看晚雪织苇席了。一条条细长的苇楣子，在晚雪的手上翻飞起落，迅速地被累织到席身上。有时，晚雪还会织一种掺有红高粱秸皮的彩席，那是专门留给结婚人家用的。晚雪翻动那彩色的苇楣子，就像舞动条条彩虹，让卡扣百看不厌。晚雪也喜欢这个不是亲哥哥胜似亲哥哥的人。和一些乡村的小姑娘一样，晚雪那时也养了几只兔子，每每去打兔草，只要卡扣在家，晚雪都会让他陪着去。卡扣呢，心里也是一百个乐意。田头，芦苇荡边，有的是鲜草，时间不长，就能打一竹篮。但晚雪和卡扣通常是不急着回家的，他们会坐在河岸上，看芦苇荡，看小武河流水，看天边的晚霞。晚雪常说，卡扣哥哥要是考上大学了，就再不会回来坐这泥土的河岸了，就能坐到城里的楼中享福了。

每每听到晚雪说这样的话，卡扣一般都是不作回答的，只是看着晚雪笑。那时卡扣也已是个半大小伙子了，心里是有着那样懵懂的意识的。心里知道，是男人最终是要娶妻的。那时候卡扣就想，自己若要娶，那晚雪妹妹就是最好的一个。或许那只是卡扣的内心里从童年一路走来的一种情结，说实话，晚雪就该是一粒种子，从幼小的时候开始，就着床于小

卡扣的心里了，并且生了根、发了芽，让卡扣无论如何也挥
之不去。

4

经过艾山黑风口边那件事之后，燕南风的心变得细腻起来，
毕竟那时候他已经是个半大小伙子了，对于男女间的情啊爱的，
也早已经越过了懵懂期。在村上，他心里是恋着晚雪的，尽管
在他的心间也曾把晚雪和老婆这样的称呼画上过等号的，但那
更多的是少年心间的一份天真，是青梅竹马的一份美好。燕南
风深深地知道，这颜清梅和小晚雪在自己的心底，就是两道痕
迹，品味起来，就是两种感觉。印到晚雪身上，最多的也最重
的，就是邻家娇小可爱的小妹妹形象。而说到颜清梅，她不是，
她是一粒爱的种子，就种在正值钟情期的燕南风的心坎上了，
它抽根、发芽，能长出绿阴，能生出清凉；一样它也能衍生孤
闷与伤感，这样的绿阴、清凉、孤闷与伤感，让一名青春少年
既欣喜又惆怅。

在艾山腹部的那个小水潭边，燕南风冒失的举动除了让颜
清梅有些惊诧外，好像并不曾吓着她，至少，颜清梅并没有刻
意地去拒绝，也没有去反抗。在燕南风的感觉中，似乎她都是
有些逢迎的。特别是颜清梅呢呢喃喃说出的那句话，无形中就
壮了燕南风的胆。那一刻，燕南风心间是不曾生出过丁点儿杂
念的，他只是觉得，自己正在经受着一种从来都不曾体验过的

感受，那种感受像什么呢？像细雨润物？像春风拂面？像初饮甘醇时的微醺？真的是述说不清、描摹不准，但那一刻的感觉就烙在燕南风的心里了，闲暇时咀嚼回味，每每都让燕南风觉得心神俱醉。

从艾山回到学校之后，连着几天里，燕南风每每和颜清梅相遇，都会生有不自然的感觉，就像是自己做错了些什么。倒是那颜清梅，落落大方，一如往常。看她那神情，就像是在她和燕南风之间根本就不曾发生过丁点儿的事情一样。颜清梅永远都是那种大大咧咧的性格，说得过了点，还是有点疯傻的。她人长得好看，又是来自县城郊，着衣相对前卫、时髦，在一应的同学中，是有着比较好的人缘的。女生里自是不消说了，男生中，除了日常走得比较近的柳子成、田诗尧、燕南风、汤先明等人之外，就算是那些平时少接触的男同学，只要是找到她的头上，她都是一样地待人接物，丝毫都不会给人歧视抑或是拒绝的感觉。正因为这一点，同学私下里都开颜清梅的玩笑，说她是博爱的呢。

对于颜清梅的这般博爱，若是在高中一年级的时候，当然也可以把时间再拉近些，就是说在高中二年级的上学期之前，她的博爱对燕南风而言，都是可以熟视无睹的。可是，当他和颜清梅有了艾山上那泓水塘边的亲密接触之后，燕南风的心中就有了别样的感觉，就会有丝酸楚在心间潜滋默长。有一次午休，燕南风从宿舍回教室，他人还没到教室门口，远远就听到颜清梅热浪一样的笑声，非常夸张地传过来，及至走进了教室，才知道她是在和田诗尧说闹的，就算是燕南风从他们身旁走过，他们两个一样是视若无物，笑闹依旧。燕南风心间就生了些感觉，就恁般的不自在。你要说是醋意吧？可是，你和人家又没一丁点儿的约定。再说了，就算是你们之间真的有些什么，但这同学间的正常嬉戏，光明正大得很，谁又会横加指点呢？可是，在燕南风的心里就不同了，他就觉得自己是受了伤害。于是，整个的下午，燕南风都心魂不定，都思绪乱飞，他在草稿纸上一个劲地乱涂乱画，有人名，有地名，当然也有一些刻薄的字眼，到了最后，他竟涂出了下面几行文字：

> 听任你的媚笑
> 在他人的俊面上荡漾
> 我视而不见
> 从容地踩着你们的笑语
> 走过来
> 又走过去

后来，这样的几行文字，还是让颜清梅看到了，颜清梅对它的评价是一个字：酸！

那时候，在丕城中学里，学生早恋的现象早已不是什么新鲜事情了，甚至是有些同学都到了出入校门成双成对的地步了。老师们知道，社会上的不良风气对学校的侵蚀已深，不是一己的力量就能够回天的，于是，对这样的现象也多是睁一只眼闭一只眼。燕南风的班主任就曾在班会上十分露骨地说过：你们可给我听好了，恋爱归恋爱，啃归啃，你们千万别给我弄出小动物来。

听了这样的话，班上好多的同学都大笑不止。燕南风没有笑，在同学们的笑声中，燕南风依稀又看到了艾山两峰下醉心的一幕了，那一幕再次让燕南风的身心怦然一动，就拿眼往右侧前方颜清梅的座位上去看，燕南风就看到那一刻颜清梅安静的就如一朵莲，圣洁、无染。颜清梅一样没有笑。

5

桃花开过又谢了，杨柳的叶子更稠密了，校园里的泡桐树的叶子也日渐宽大了。这时候的校园也就更显得生动起来，特别是那段老城墙上，无论是午间还是晚饭后，同学们除了去操场玩球，那段老城墙就是最佳的去处了。

丕城中学最早建校是在1920年，那时候，丕城地面在区域隶属上还是归于山东省，学校最早的名字叫山东师范学校。初建校园的时候，想来筹建方一来是为了节省资金，这其二嘛，大概也是想把那一段老城墙给保护下来，算是给有着三百多年历史的小城留下一点沧桑的记忆吧。于是，就让那段大约二百米长的老城墙作了校园的一节围墙。到了1989年，老城墙服役也就快够七十年了，七十年的风霜及后期不断的收拾添补，让那段围墙早已面目全非，这时候，除了从围墙外围仅存的一些大城砖上还能看出些端倪来外，不明真情的人们只会当它是地道的校园围墙，怎么也不会知晓它还曾拥有过辉煌的历史呢。

至于这老城墙的内侧，学校大抵不会像保护外侧那样小心着，日久天长，慢慢坍塌，渐渐形成坡度不等的斜坡，到最底下，就和校园接连着了。每年的开春里，学校也就会购些树苗来，也无非是水杉、意大利小叶杨、柳树及一些乡间廉价的木本花木，栽到坡上和墙顶。这样的作为，往好了说就是绿化，说俗了些，就是遮丑，就是为了不让那些裸露的土碍眼。有道是前人栽树，后人乘凉。历经不断的完善和修整，那段老围墙竟焕发了第二春，成了学校里最美的一处场所。特别是春夏季，花草生动起来了，杨柳的叶子日渐稠密了，能遮出阴凉来了，爬山虎的前藤找不到攀附点了，心存爱心的女生就弄了截木棍来，立在泥土里，让爬山虎的须顺着木棍一点一点往上缠绕。这样的一个小小的随意，竟也能成风景呢，爬山虎就愈发蓬勃、愈发生动了。

课余时间里，燕南风也喜欢到老城墙上走走，或是小坐。因为在老城墙的最西端的下坡处，还有两株上了点年岁的槐树，槐花开的季节，燕南风喜欢去看槐花。

一直以来，燕南风都是比较偏爱槐花的。在自家的宅前屋后，槐树是很常见的。槐花开之前，先生槐叶，那个时候，乡间的人们不叫它槐叶，而称它叫槐芽儿。你听这个芽字音，就透着水嫩，透着新鲜。是的，槐芽儿像豆芽儿一样，是可以吃的。燕南风听老人讲过，当年，这槐芽是曾救过一些人的命的。燕南风记事之后，家里也是炒过槐芽儿吃的，当然了，那时候吃槐芽儿早已不是为了果腹，乡里人家也谈不上是怀旧，就是觉得到了这样的时令，到了槐芽儿上市的季节，怎么说都不能白白地错过了，若是不吃上两口，有点儿说不过去呢。燕南风觉得那槐芽儿还算可口，嚼在嘴里有股野香。槐芽渐老，就长成槐叶了，这个时候，槐花就跟着绽开了，一簇簇的白花拥挤在绿叶间，清风吹过，花的清香伴着一丝若有若无的甜味儿，扑鼻而来。当然了，这样的场景，若是能在一场细雨之后，那感觉就更妙了，雨水浸润过的空气，愈显清新，槐花更显素白，槐叶更显翠绿，那股香和那丝甜更显浓郁。

整个少年的天空里，每季和燕南风一道看槐花的，除了柳子成外，总是少不了晚雪的。燕南风会把槐花摘下来，想着法子串成串，挂到晚雪的手腕上、脖颈间，白的花衬胭红的脸，燕南风总觉得是最美的搭配。只是柳子成添乱，小晚雪顽皮，总要去摆弄那槐花串，这三弄两碰的，每每都会"簌簌衣襟落槐花"呢。

颜清梅和一帮女同学自然也是喜欢去老城墙的，这里还是有着另外一个原因。老城墙处在学校的最北面，女生宿舍就在老城墙的前面，而学生生活区的公厕就紧挨着老城墙。厕所你是每天都要去的吧，那你和那段老城墙就不可避免地要天天相见。特别是夏天里，在晚饭后和晚自习前的这段时间里，斯时正是夕阳西下，晚风习习，一些女同学常常会拎着床上的凉席，到老城墙上纳凉，大都是三五人盘腿坐了，天南海北地神侃瞎闹，这样的场合大多的时候是拒绝男生的。晚饭后，男生们也去纳凉、散步，却是少有拎着凉席的。若是走得累了，站得腿酸了，男生就会搭讪往女生的凉席边上靠。通常里，燕南风都是受女生们欢迎的，他不油嘴，不善言，安静得一如女生。

燕南风这样的安静和不善言，常常又会让他成为一些女同学捉弄的对象。一个黄昏，颜清梅、花清、毛月怡等几位女同学在城墙上乘凉，后来，燕南风和汤先明一道凑到了凉席边，坐下了。两人这一坐下来，汤先明就开始和她们几个拌嘴，燕南风就安静地坐在一边，算是坐山观虎斗吧。燕南风就坐在颜清梅的正对过，当时，颜清梅下身穿的是裙子。晚饭后乘凉，颜清梅是班上唯一敢穿裙子走出宿舍的女生，这也许与她居住在城郊的身份有些相关。她穿裙子，大家都少有微词，不像其他班上的个别女同学，偶尔穿了裙子走出宿舍招摇，就会有人说些风凉话。颜清梅人坐在凉席上，两条修长的腿就有点不受裙摆的束裹了，把那份美白与修长尽情地展现出来了。

一方面，或许也是燕南风的眼神有点太关注，再有，也是大家想拿他开心，花清就说："南风，你看什么呢？"

燕南风听了这话，先是一愣神，紧接着又忙着接口答话："我什么也没看到啊。"

燕南风这样的表白，无疑是越描越黑。得了这话，直乐得大家是前俯后仰。当然，颜清梅没有笑，她微红着脸，拿眼瞪了瞪花清，抽起身，三步两步就下了城墙。

看着颜清梅走远了，燕南风就怪花清说话不分轻重，只怕颜清梅会生气呢。燕南风嘴上这样说了，其实在他心里，还是很乐意接受这样和颜清梅有牵扯的笑话的。同学这样的说道，燕南风会觉得自己和颜清梅是亲近的呢，心底下还是有些美滋滋的，这种矛盾中的自我陶醉，让燕南风既甜蜜又有些忧伤。

但接下来班级上发生的一件事，让燕南风心底那丝甜蜜和忧伤一并烟消云散了，他开始重新审视自己，也开始重新审视自己对待颜清梅的心态了。

事件的主角也是燕南风他们日常小圈子里的，她是毛月怡。

时间临近六月底，正是一个学期将尽未尽之时，眼见着长假在即，不少的学生都生了涣散之心，街上的台球场和录像放映室成了不少学生经常光顾的地方。田诗尧更是其中的领头者，他也曾几次三番地要拉上燕南风和柳子成去街面上玩耍，每次燕南风都婉拒了，倒是那柳子成来者不拒，每每都跟随其后，去打台球、看录像，过后了，说不准还会到街面上的小饭店里，点上两个炒菜，喝点啤酒。有几次上晚自习，燕南风都能从柳子成的口中闻到酒味，燕南风就知道，他们一定又是到街面上耍过了。

农历的五月二十，星期五，这天是田诗尧的生日。架不住田诗尧的软缠烂磨，燕南风和一帮同学少上了下午的一节自修课后，就偷偷地都溜到街上去了。田诗尧在街中心的美食林饭店定了一桌菜。

原来，早在上个星期离家返校的时候，田诗尧就给他的爸妈说好了，自己的这个生日不能在家过，他要在学校里和一些要好的同学一道过。他的爸爸妈妈同意了。其实田诗尧的父母也是知道，这孩子这样说话，无非就是要多带些生活费。儿子大了，说话知道委婉些了。对于钱财，他们是舍得的，毕竟家里不缺钱。更重要的是，他们是溺爱这个儿子的。

当天的傍晚，连同田诗尧自己，一共是八个人，除了燕南风、柳子成、颜清梅、花清、毛月怡、汤先明都是文科班的外，另外还有两位理科班的同学，一个叫朱勇，一个叫姚飞。燕南风虽说也是认识的，但接触得不怎么多。倒是那柳子成，看得出和他们竟是熟稔得很，一走到饭桌边，就相互打趣起来。

和往常不一样，这次因是生日聚会，田诗尧特意叫了瓶白酒，是一款新出的酒，叫高沟香龙液。老板把酒拎上桌的时候，燕南风接过酒瓶，看了看瓶身。田诗尧不明白燕南风想看些什么，问他，燕南风故意不答话。其实，燕南风当时是去看瓶身上酒精度数的。他看到了，心说还好，是三十九度。燕南风知道，这样的酒精度数不伤人。

依着燕南风的意思，白酒就不给女生喝了，颜清梅却不同意，说男女要平等，大家都有份。最后，除了那个姚飞说自己对酒精过敏，不曾给斟酒，其他几人就把一瓶白酒给分了。

喝酒、吃菜，天南海北地乱吹神侃，白酒吃过，又上了一扎啤酒，到最后，竟是只剩下一地的空酒瓶了。

从那点白酒喝下肚之后，燕南风就看出来毛月怡是有点不胜酒力的，但在众人面前，她偏偏又不服输，改换啤酒后，每每也都是众人干了，她也杯中不留酒。到了后来，再听她笑，就有点花枝乱颤的味了。

燕南风最是善解人意，怕毛月怡喝醉了，忙着要店家给她倒了杯开水来。老板娘将开水端了来，在毛月怡的面前还没放稳，就让她自己给打翻了，并且洒到了身上。开水有点烫，尽管是隔了层衣服，毛月怡还是有点条件反射地双腿摆动了下，人跟着就站起身来了。只是刚才她那一下小小的摆动，无意间埋下了祸根。毛月怡身下的方凳倒下来了，等毛月怡再想着要坐下的时候，她坐空了，整个人也便跟着倒下了。

倒下来的毛月怡是横坐在同样是斜躺着的方凳子身上的。靠近她身前的颜清梅忙着要过去搀扶她，却见她一脸的痛苦状，并且用双手去紧护着小腹。颜清梅就往她下身看了，夏天里也就是一条短裤和外裤，颜清梅就看见毛月怡的裆间有些洇湿，接下来，那份洇湿竟是渐浓渐红，颜清梅就知道，那是血迹了。

6

九月一日，新的一个学期又开始了，毛月怡的座位还一如上个学期临结束的时候一样，是空着的。因为那一顿饭，她永远离开了学校，而田诗尧也被学校处以记大过的处分。

有一天，在学校的花坛边，燕南风遇见在那看花的颜清梅。当时，花坛边的一株海棠开得正盛，两个人的谈话也就是从这海棠花开始的，燕南风一时兴起，除了背诵了唐伯虎的《妒花歌》，还背了金代元好问的《与儿辈赋未开海棠》："枝间新绿一重重，小蕾深藏数点红。爱惜芳心莫轻吐，且教桃李闹春风。"

对于前一首，颜清梅并没怎样去关注，倒是这后一首，估计她是不曾读过的，听了后先是一怔，接着就问燕南风："这是谁的诗啊？叫什么名字？"

"是金代元好问的啊，诗的题目叫《与儿辈赋未开海棠》。"

"我还不知道竟是有这样一首吟海棠的诗歌的呢。听你这样一读，倒是让我想起一个人来。"

"想起一个人？你想起谁来啦？"

"你能背这诗，就没揣摩下这诗意？"

"诗意？这不就是写海棠的嘛？花红叶绿，绿肥红瘦啊。"

"不对，我细细品了下这诗句，你看啊，这小蕾深藏数点红，这爱惜芳心莫轻吐，还有这诗题说得也是很明白不过的，是《与儿辈赋未开海棠》，题目点明了两点，一是给儿辈的，二是未开的花。从以上几点来看，这该是劝诫儿辈不要早恋的诗。想到这些，我就想到毛月怡了。"

燕南风稍微沉思了下，显然是在重新回味那诗句的。而后就冲颜清梅说："你还别说，听你这一分析，还真有那么一回事情呢。就像广西那边的对山歌、西北地面的唱拉伊小调、花儿啥的，都是青年男女表达情爱的一种方式呢。"

"那些遥远的东西我不想关心，只是这些日子，我每每看到毛月怡的空座位，心里就不是个味呢。平时咱们几个是最要好的，是同学，也像姐妹，多少往日的欢笑聚闹，我这一闭上眼睛，就如在眼前呢。可重新回到现实的时候，才知道那些都是故去的东西了。不知道这阵子，毛月怡在家会做些什么？不知道她会不会心生悔意？"

燕南风没有接颜清梅的话头，他只是怔怔地看着颜清梅的脸，还有她那上下翕动的嘴唇，燕南风在揣测着颜清梅的心事。燕南风在想着，颜清梅给自己说这些，是不是另有所指呢。

寻找贾小朵

1

下雨了。

入冬的雨跟夏日里的雨是两个样子。夏日里的雨有点像年岁稍大、有小脾气的女人。而入冬的雨更像个俏皮的女孩儿，雨丝是精瘦的，它飘忽、顽劣，冷不丁就会贴你一下，面颊、手臂、脖颈、轻轻一寒，让行走的人们不自觉紧了脚步。

此刻，我就走在这样的雨中，走在邗城兵马司街的新街道上。

我没有备伞，雨丝的贴是全方位的，头发、衣衫都是潮湿的，特别是脚上那双浅白色运动鞋，青石板路面有隐隐的积水，脚步抬起落下，总会携些许的水渍，洇湿了鞋头，留下两个半圆形的湿痕。我盯着那两个半圆形的水渍，说它们像两朵花？像月亮？都不对。花儿会携着喜庆，月亮能代表圆满，我此刻的心情是压抑的，当然，说透着期待，也可以。

我有些许的恍惚，仿佛行走在梦境。这兵司马街什么时候变了模样呢。

这一段路六年前我就走过。

那时候兵马司街的路面没有现在这般平整，有些凸凹、凌乱、参差不齐的样子，巷道两边的墙体印痕斑驳，沧桑感十足。从繁华的街道忽然拐入这儿，没有半点儿违和感，我感觉自己是穿越了，像行走在旧朝代里，青砖黛瓦、寺院明黄、炉烟、犬吠、担夫、琴音……我想，如果再有小桥、流水，有书场、街市，那不就是现实的《清明上河图》嘛？但重回现实，又现代感十足，就说空间里那些网线吧，纵横交错，那份杂乱、无章法，让我首先想到的就是一个"网"字。早年间曾读过一位诗人的诗作，题目好像叫《生活》，整个内容就一个"网"字。那一刻，在兵马司街上我感觉自己就像掉进了一张网中。在网线下行走，有点像蜘蛛在爬行。

六年前，我走进兵马司街，是一次赴约，而且是网约。约我的人就是住在兵马司街板井巷的贾小朵。在此之前，我们没有见过，是纯粹的网友。在网上，我和贾小朵交往超过五年时间。那时候网下约见好像早成了明日黄花，没啥新鲜味。朝前推些时日，见网友是件雅兴事，也夹杂点暧昧。

不过在心里，我是喜欢贾小朵的。

2

贾小朵祖上一直住在兵马司街。

据说那儿曾是明朝一位开国将军练兵的场所，后来演变成繁盛的民俗文化场所，个中汇集了三教九流、七十二行当，吃喝玩乐无所不有，随着时间的积淀，还成就了一批茶肆、书场、早点、沐浴等老字号。鼎盛的时候，就是现实版的《清明上河图》，一度与北京天桥、上海城隍庙齐名。只是新中国成立后，那儿成了居民杂居的地方，一些边边角角的空地也都被占用，东搭西建，显得就有些杂乱无章了。值得庆幸的是一些当初的老字号还坚守着，默默地向人们诉说着曾经的辉煌。

六年了，那次见贾小朵的情形依然历历在目。

贾小朵家有别于一路走来所见的各户门庭。青砖门楼，条青石作门梁，上书"紫气东来"四个大字。门两旁各立有一枕石，枕石双面都有纹饰，只是时间久远，磨损的不甚清晰了。少见的是那两扇门，包着铁皮，尽管锈迹斑斑，但铁钮儿依然个个鼓。我知道，这是门钉。门钉若是用铜皮来包的，就该是另一番景象了。想来主家当年的家境还是不够殷实，但即便如此，还隐约可见当年的气派。倒是现在，那样的斑驳尽显沧桑，跟邻近人家装饰过的红墙绿瓦比起来，就显得落伍，有些老态龙钟了。

虽说是第一次来，但贾小朵家的砖雕门楼、门枕石、包皮木门……我都是熟悉的，区别的是，之前看的是照片，现在终于看到实物了。所以我坚持不让贾小朵接我，我说，门前的紫藤、巷道、古井、兵马司街、邢城风物……你拍了那么多的照片，都印在脑子里了。闭着眼睛应该都能找到你家。

敲门。好像贾小朵一直就站在门后候着，门应声而开。

院子里的情形也都是照片里的模样。

这是一处老式居民住所，三间两厢，有天井。显示出当年家境是优于寻常人家的。院子收拾得很利落，有个小花圃，花圃北边沿置一青石台，上面摆了些盆栽花草，有文竹、茉莉、冬菊、茶花，青石台的丁头地面上，有一大青花盆，里面养的是株桂花，看样子有些年头了，此刻正是花期，一树的碎花，沁人的香气直透心脾。

随贾小朵走进正屋，没有虚头巴脑的繁文缛节，就像是常来常往的故人。贾小朵让我先坐着，她去烧水泡茶。贾小朵说泡茶的水要现烧，这还是我告诉她的呢。

我正好可以仔细地看看这同样在照片上无数次看过的客厅。

贾小朵拍客厅的时候肯定有些随意，也可能是限于空间局促，图片多呈仰视或俯视的角度，室内的布局就有拥挤的嫌疑。这现场看来，整体摆设得简单得很，除了落座的沙发外，还有茶几、正堂的条几，条几下面的大八仙桌。条几上摆有石屏、香炉、摆钟，再往上是一幅画，松下操琴的写意，简线条，笔墨不多，但给人感觉够意境，两边也配有对联："雨过琴声润，风来翰墨香。"

关于这画和对联，贾小朵是拍过特写的。和贾小朵聊天的时候，不止一次赞过这对子呢。室外斜风细雨，室内琴音缈缈，翰墨生香，怎一份悠然与闲适哦？我说贾小朵的祖上肯定出过大官，至少也是文人雅士。

贾小朵说那是当然。

事实上贾小朵说的当然，是有朝脸上贴金的意思。网上认识久了，贾小朵多次跟我聊过她的家世。

贾小朵祖上是位账房先生，东家也是有些来头的，在大清同治年间曾任过盐场盐课大使职，是个正八品的官。当年这地面兴于盐，衰也在于盐。贾小朵的祖上也便功成身退，用积攒下的真金白银在兵马司街置了些房产，后人分三支，贾小朵的父辈这房行小，所得家产相应来说就见少了些。更不幸的是，后人的学识、能耐竟没有能超过其祖上的，当年眼见贾小朵的二叔公文采风流，本指望能重振门庭的，不想他又英年早逝。眼下家中正堂的书画，正是出自他的手笔。

3

我和贾小朵是在网络论坛相识的。

有那么一阵子，论坛绝对是网络上最红火的地方。论坛上分不同板块，有玩写作的、有玩摄影的、有车辆发烧友、有军械发烧友，有玩宠物的、玩花草盆景的，还有同城交友的，不一而足。反正各色人等，穿着马甲，在水底潜游，各取所爱。至于他们是环伺左右、虎视眈眈、也或是心怀鬼胎，谁又有慧眼识清呢。

在论坛上，贾小朵注册的马甲叫空气里的小鱼儿，我叫诗意的猫。贾小朵是摄影板块的版主，除了自己上传照片外，贾小朵还经常对网友发的图做一些简要点评。比如如何使用长焦距、怎样正确使用大光圈、拍摄什么样的景物快门需要维持在1/100s 以上……贾小朵的点评总能得到一众"色友"认可，都说这是条不同凡响的鱼，也有稳重谦恭的网友，回帖则每每都称其鱼老师。

我不是专业的摄影者，但偶尔会发一些图片到论坛上，都是实景图、效果图，有的还是工程前后的对比图，没多少技术含量。即便如此贾小朵偶尔也会做点评，有时候还会给出专业方面的建议，比如该用什么样的镜头，多大的光圈。我一般都会跟帖说谢谢鱼版。

贾小朵喜欢拍静物。无论拍摄的角度、光线，还是构图都无可挑剔。比如说拍一株植物，虚化掉杂乱的背景就不用说了，寻常人等拍摄的画面中挥之不去的呆板在贾小朵的镜头中你根本看不到，她能拍出安静中的"动"来，明明是静物，却又像是在舞蹈、在述说，有股飘逸劲。我喜欢看贾小朵拍的图，但说实话，跟帖很少，就算是留言，一般也无非是，很美、真好、学习中等寥寥数语。

除了拍摄静物，贾小朵还喜欢拍老街巷、老建筑物。这类图片贾小朵喜欢虚化构图，后期处理多采用怀旧色，以黑白为主。贾小朵拍摄的一组老宅门的照片吸引到了我。也正是因为这一组照片，我们才有了论坛外的交集。

那是一组老城古宅门系列。贾小朵分上中下三个帖子，分别拍摄并简要介绍了与大宅门密切关联的抱鼓石、门钉和门钹。图片总量约200幅。

贾小朵说，除了极少数几张有备注的故宫和南京孝陵卫门图外，其余图片是她花了接近三年时间，断断续续拍摄的，有些图还是贾小朵到江南其他城市游玩时偶然拍到的。

在三个帖子里，除了真实的图片外，贾小朵还用翔实的文字资料，把抱鼓石、门钉、门铴的前世今生作了概述，真正是图文并茂，无论是对普通寻常的网友，还是对老宅院有所研究的专业人士，都是非常珍贵的。

在接近 200 幅图片中，就包含贾小朵自家门前的枕石以及大门上的门钉和门铴。

在文字解说中，贾小朵说了，抱鼓石通常都是大户人家才有的，那个比较讲究。在鼓石的侧面和须弥座上也会刻上各种吉祥图案，如凤凰、仙鹤、鹿、龙、狮、牡丹、荷花、葵花、朱梅、八卦、太极、回纹以及如意纹、卷草纹、祥云纹等吉祥纹样。人们借助人物、花草、动物、器皿、几何图案等来表达希望长寿、富贵、驱魔、美满、兴旺之愿望。而自己的祖上肯定还不算多富裕，只能选用门枕石，替代抱鼓石。同样，自己家大门门钉、门铴也是如此，根本不能跟那些官宦、大户人家，甚至和城门、宫门、府门和庙门上的门钉及门铴比。那些门钉和门铴都是非常精美的，特别是门铴。说白了，这门铴就是门环的底座儿，它既有美的一面，还有威严气象。门铴的造型有许多种，通常以虎、螭、龟蛇居多，也有玄武、朱雀、双凤、羊头、虎、狮等兽头状的。材质以铁、铜为常见，多有鎏金的。这猛兽怒目，露齿衔环，自然有威严相。这样的门铴不单单是为了装饰，还有镇宅辟邪作用。

读了贾小朵的三个帖子之后，我有点儿犯迷糊了。之前在我心里是把贾小朵（确切地说应该是空气里的小鱼儿）描摹成一位江南婉约女子的，现在，看了这组文图，倒又很难把作者跟婉约女子画上等号呢。

我跟帖说：猫想抓住这条鱼。

贾小朵回复：你就是只失意落拓的猫？我是鲨鱼，我是清道夫！看你怎么下口。

看到贾小朵故意把我马甲里的"诗意"换成"失意"，心间不禁莞尔。我给贾小朵留了站内消息，说希望添加 QQ 好友。

有点出乎意料的是，贾小朵不但同意添加好友，还留言说：早就有结识的意愿，我大约已经猜到猫的职业了。

4

我在论坛上贴的大都是民宿、老旧宅院改造前后的对比图，还有一些设计及效果图，并配有简要的设计构思和理念。是那些照片暴露了我从事的职业。

贾小朵说，巧了。她家就是一所老宅院，是祖上留下来的，目前只有她和老父亲两人居住。历经百余年的风雨，尽管其间不乏修修补补，依然改变不了旧宅当年的模样。

那时候，城市发展的进程非常快，动迁的动作也堪比港产的武打片，从贾小朵上小学的时候，那片儿就传言要拆迁，其间，街道、社区、房管部门，甚至是规划部门都有派员上门测绘、丈量、问询过，但之后都是不了了之。贾小朵小学之后读中学，中学读完上大学，现在大学毕业都好几年了，拆迁的传言还在，而老房子，也还在。

　　贾小朵不是那类奢望一拆暴富的人。年少的时候对于拆迁或许还有几分巴望，那是因为心里觉得自家房子有许多的不好。比如吊顶后房间的低矮，比如窗户的小，不够通畅；比如卫生间的逼仄和下水道的堵，再比如夏日房间里的潮湿……

　　大学毕业后贾小朵就不这么想了。作为资深摄影人，每年深秋贾小朵都会到外地浪荡一圈。西递、宏村、乌镇、坝上、远到云南洱海、四川康定、青海的日月山都留下过贾小朵的足迹，出门自然是入住酒店，可后来，各地雨后春笋般冒出许许多多的民宿来。入住之后，贾小朵感觉特好，私密、静谧、还可以自己下厨，有家的感觉。脑筋一转，贾小朵立马想到自己的家，那可是改建民宿的绝佳场所呐。出租、接待友人、办摄影沙龙，更重要的是改善居住环境，何其美哉。

　　可是，贾小朵的想法遭到父亲彻底反对，贾小朵父亲觉得翻建房屋就是花冤枉钱，一辈子的气息，习惯了，不想更改。而且他还坚持认为，这地片，早晚是要拆迁的。

　　父亲孤苦大半辈子，六十岁之后又病魔缠身，贾小朵不想拂父亲的意，修建民宿的想法只能暂时搁浅。

　　在论坛上，贾小朵看到我发的图片，她的那个念想又复活了。特别是我主动要求加好友后，贾小朵直接说了心声。我说她这条精灵的鱼对猫是觊觎已久。

　　贾小朵也说了，父亲的病症越发严重了，眼下卧床不起，只怕是来日无多，自己的想法早晚要付诸行动，这设计重任自然是要交给猫的。

　　贾小朵是在她父亲过世周年后向我发出正式邀请的，我没有考虑便应下了，在心里，我也一直想去看看贾小朵，看看邘城里的老街巷、旧民宅。

5

我在邘城盘桓了三天。贾小朵推却了所有应酬，陪了我三天。

我们一起看明清老街、看古寺、佛塔，看邘城新辟的诸多景点。傍晚时分，我和贾小朵坐在新修的运河堤岸上，看古运河水绕主城而过，沿岸的路灯、景观灯把河水染成橘红色，光影交错。河面偶有画舫驶过，搅动流水，泛起不大不小的波纹，轻轻拍打堤岸，发出悦耳的声响。我故作糊涂地问贾小朵：

这古运河的水，是流向杜十娘的瓜洲吗？

贾小朵答非所问。贾小朵说杜十娘遇人不淑呢。

我们聊工作、聊摄影，也聊恋爱和家庭。我才知道贾小朵这么多年一直未婚，甚至拒绝恋爱，原来都是为了她老父亲。

贾小朵说，现在父亲也走了，尘世间了无牵挂，然后，就是一门心思做自己喜欢的事儿。最后贾小朵还加了一句，说："猫啊，你可不能有负重托哦。"

晚上回到酒店我还在掂量贾小朵追加的这句话，贾小朵是话里有话吗？

邘城之行最后一站去的是茱萸湾，这是我特意提的请求。

"遍插茱萸少一人"。年少时候读的诗句一直印在脑海里，但是许多年来，我一直都不知道茱萸的真实容颜，我只知道，这世间是有一种花木，它长在唐诗中，熠熠生辉了千年，可用之念人、抒情、聊寄乡愁。花本寻常，却因诗人的眷顾而被赋予了不寻常的内涵。当然了，不是我不想去一睹芳容，真的，有多少次都曾想着去窥视，去探个究竟，可偏偏这茱萸竟是不同于那些梅、兰、竹、菊，更有异于桃、杏、蔷薇、月季……一般的花木园林中根本见不到它的踪影，寻常街畔墙角更不是它的落脚处。有时我就想，这茱萸难不成是养在深闺的尤物，只能给人意会，而难睹真容？它只在传说里、在诗歌中、在文人的遐想间，动情、妖娆、妖媚、传情？

偶然的一次阅读，让我知道邗城竟有一处以茱萸命名的地儿。查阅相关的资料，才知道这小小的茱萸不但与邗城渊源已久，更有缠绵故事。茱萸湾旁有茱萸村，是因遍长茱萸而得名，盛于汉唐。茱萸湾这名字自身就含诗意，再有"挹江控淮"的独特地理位置之故，多为文人雅士青睐。"落花逐流水，共到茱萸湾。"和王维生活在同一时代的刘长卿曾在邗城任职，离开后依然念念不忘芜城，难忘茱萸湾。"渺渺云山去几重，依依独听广陵钟"，殷殷牵挂之意，在诗句中尽情舒展。偏偏在那时候，自己的子婿将往邗城，于是，茱萸湾畔的早梅、春草、茱萸、鸟雀、山泉，让刘长卿心生无限遐想和向往。

心间藏有这样一段旧情，到了邗城，又怎能不去茱萸湾呢。再说了，身边还有贾小朵作陪呢，纵游茱萸湾，就是锦上添花之旅。

离开邗城的时候，贾小朵念高凤翰的句子"记取茱萸湾上路，雁声无际蓼花红"送我。

我说句子是好句，只是太过离索。假现代交通便利，往来无羁绊，看小朵，下邙城，来去一念间。

稍微停顿后，我又加了句。重要的是，我爱上邙城了。

贾小朵没接我的话头，只是盯着我傻傻地笑。那笑容是发自心底的，真好看。

6

返回不久，公司就委派我出国公干。后又因故滞留国外近一年时间，但和贾小朵一直没有断过联系。

尽管论坛已经不再热闹，一股门前冷落鞍马稀的味，但依然有一帮元老级的人在坚守。依然有人发帖、点评、回复。除了论坛上交流，我和贾小朵的联系还如往常一样，只用QQ。除了有念旧的意思，可能还与QQ更便于传图片、发邮件有关吧。

我答应贾小朵的设计图和效果图，也一直没有完成。就连测绘数据我都没有带在身边，当初出国的时候，怎么也没有料到会在国外耽搁这么久。贾小朵也从来没有催问过。倒是在我准备回国的时候，贾小朵在QQ留言上说：如果设计图还没有做的话，就不做了吧，估计是用不上了。

我回了个大大的问号，贾小朵没有再说话。这么多年里，我们间聊天一直这样，不刻意、不强求，可能前面正聊得热火朝天，忽然一个人就哑火了，然后好一阵子后，又冒出来一句风马牛不相及的话，和之前的话头早已离题万里了。正是这样的关系，才让我们间没有一点束缚感。

回国后，单位、家里一堆的事务等着我处理，设计图自然是又给延误了。至于贾小朵说估计用不上的原因，我也没有追问，只是告诉贾小朵，就算真的用不上了，我也会做，会好好地做。做好了，还要亲手交给贾小朵。

可是半年之后，就在我做出设计草图的时候，我却联系不上贾小朵了。

论坛上不见贾小朵发帖，更看不到她点评和回复。QQ 上的留言不回，站内消息也不阅读。我只好翻出在邢城时贾小朵给我留的电话号码，它一直静静地躺在我的手机里，一次都没有用过。

贾小朵的手机始终处于关机状态。问论坛里其他的网友，结果自然等于是没问，纯属多此一举。

贾小朵从我的世界里消失了。

我不知道在贾小朵身上到底发生了什么。再朝后，那家论坛也关闭了，好像这个世界要把所有关联贾小朵的气息，都从我身边掠走一样。

我唯一能做的就是尽快做好贾小朵民宿设计图、施工图及效果图，然后默默等待贾小朵的消息。

7

相恋三年的女友丹妮常说有点看不懂我，像隔着一层纱。双方的家长也见过几次面，说俩孩子老大不小了，一直在催婚，丹妮也想早点把婚事办了。可我心里有个结呢，这个结不解开，只怕婚后也不会如意。

可这个结我又怎么能告诉丹妮呢。

最终我还是决定去邘城一趟，就算是找不到贾小朵，那民宿设计图、施工图和效果图都是属于邘城的，我也一定要送过去。或许一趟邘城走下来，心里的那个结就解开了。

我给丹妮说要到北方出差几天，回来后就把定亲的酒宴办了，然后选婚期，丹妮笑得像朵花儿。这样的笑容跟六年前贾小朵送我离开邘城时的笑容是一个样，一个字，就是暖，能把一颗心融化。那一刻我心底有轻微的负罪感，也许我不该欺骗丹妮。

幸好我及时踩住了刹车，没有让那份负罪感在心底恣意生长，不然，也许我的"出差"就泡汤了。

肯定不是雨雾的缘故。在崭新的兵马司街，我有点迷失方向。甚至一度怀疑自己走错了地儿。

哪儿还有旧的宅院、平房？贾小朵住的板井巷没了，我们一起走过的雀笼巷、大流芳巷没有了，那个好玩的小羊肉胡同也没有了……路是新的，楼房是新的，店铺是新的，就连那些红灯笼，也像是刚刚挂上去的一样，溜溜新。既然不是我走错了方向，那就是兵司马街脱胎换骨，重生了。

我找到贾小朵家大致方位，那儿现在是一排三层楼高的门面房，有火锅店、有影楼、有服装店、有茶楼……

我心间一动。影楼，这可是贾小朵的专长，可别是贾小朵开的店铺吧。我推门进去，问工作人员认不认识贾小朵。

工作人员一脸茫然。

然后又问了火锅店、茶楼、小超市、问路边歇息的环卫工人……没有一个人认识贾小朵。

我说怎么可能呢？贾小朵就生在这儿，就住在这儿，这儿就是贾小朵的家啊。

雨已经停了。路面还有少许的积水，杂乱的脚步踩上去又匆匆地抽离，积水在一点点减少，除了化作水雾，更多的都洇到行人的鞋帮、裤管上。此刻我的鞋子已经湿透，我能感觉到轻微的寒意正从脚底朝上弥漫，我管不了这么多，我只想找到贾小朵。

我忽然发现自己已经走出兵司马街区了。过了辕门桥，一路之隔，已属另一个街区。这个街区有点像之前贾小朵住的地方。

我在一家小超市门口停下了。说超市有些夸张，也就是个小卖部吧。老板有点儿年长，在顺货架上的商品，掸尘、调换、重新归置。我跟老板要了瓶矿泉水。

老板比较健谈。他肯定看出我是外地人，老板说：

"来旅游呐？"

我说："是。"

老板说应该年后春三月过来，更有看头。

我问老板："对过街区拆迁新建了，你们这边也会吗？"

老板说本来是要拆的，现在不拆了，上级说要保护下来，以后也不拆了。

一边说话，老板手上也不闲着。我看见他从货架上抽下一张垫商品的报纸，扔到柜台边。那报纸有些年头了，掉色、泛黄、干枯的样子，本来我也没有刻意去看报纸，眼神只是一带而过，可报纸上几个字一下子攫住了我的双眼。那是"兵司马街""火灾"等字样。

我问老板，对过的街区失过火？

老板好像一下子提高了兴致，停了手上的活，朝我跟前凑了凑，说："失过。失过呢。事儿过去四年多了，火烧得大哦。"

最后老板又加了句。还死了人的，是个年轻的姑娘。

我赶紧捡起地上的报纸，抖了抖灰尘，铺展开。当年报纸上的新闻是这样写的：

昨晚市区兵司马街发生一起火灾

本报讯（记者余苗苗）昨晚八时许，老城区兵司马街一居民家发生火灾。接警后消防部门迅速出警。由于老城区巷道狭窄，消防车无法正常驶入，导致救灾稍有延迟。

另外，事发地及周边为老式旧宅，多木质结构，致使火势得以蔓延，其左、右、后邻房屋不同程度过火。除一名贾姓女子在火灾中丧生外，其他没有人员伤亡。

事故原因及损失正在调查中。

看了下报纸的日期，是四年前的九月二十一日。我忽然想起一件事。

掏出手机，在手机 QQ 上找到四年前九月二十日晚上八点我发布的说说。那条说说我设置只有贾小朵一位好友可读，内容很简单：

一是祝好友生日快乐，二是向好友正式求婚。

四年前的九月二十日，是贾小朵三十岁生日。

2021 年 10 月 18 日

小累的楼阁

立冬后，天黑得有点慢。太阳已经落下一会了，路灯还没有亮，水岸边的景观灯也没亮。倒是东边的月亮已经升得老高了，不圆，就像一块烧饼，被人掰去一片。

小累觉得这会的月亮它不像月亮。像什么呢？像一面镜子，不冷不热的挂在高高的一堵墙上。月亮应该是能给大地洒下无数光亮的，可以照见人的影子，可以在河水里左摇右摆，一会儿圆一会儿缺。如果是在冷天里，还有微微的暖意。有一年临过年的时候，小累跟妈妈回老家看奶奶，汽车开到镇上是后半夜，朝村子里去的那一节路，小累和妈妈就是走在月光下的，拖着长长的影子。一开始妈妈抱着小累，小累说冷。妈妈就放下小累，让小累跑。妈妈说跑一跑就不冷了，妈妈还让小累看月亮，妈妈说月亮光热乎着呢。小累相信妈妈的话，一边跑一边抬头看月亮，偶尔也回头看跟着自己追的影子，一会儿工夫，身上就热乎了。

现在天还不冷，小累也不需要那样的暖意。小累深一脚浅一脚地走在大杂院里，野草没有春天时候的力道，现在是绵软的，匍匐于高低不平的地面，它们的身子都是枯黄的。大杂院里的刺槐、乌桕、桑葚、榆钱、白杨、野柳的叶子也黄得差不多了，微风一吹，就朝下落。至于那些矮的枝条及当年新生的小树，小累一碰到，它们身上的叶子也纷纷坠落。小累的脚落到衰草上，软绵绵的，一旦踩到那些落叶，脚下就会发出咯吱咯吱的脆响声，小累喜欢听这样的声响。晨间菜市场里那份喧噪和嘈杂，刺得耳朵生生地疼，小累不喜欢。小累知道，如果自己不过来，大杂院肯定是空寂的，除了风声、鸟鸣，可能偶尔会有猫叫，那一定是胖花的声音。

大杂院不是寻常的宅院，其实是一块大的工地，周圈有围墙围着。说是工地吧，也有点不对，因为一直都没有人施工。所以才会野草丛生，杂树疯长。院子里最高的树木有两层楼高，碗口粗，上面有鸟做窝。大杂院少了人迹，就成了鸟的天堂，它们在枝桠间繁衍，有的干脆就在杂院里过冬，有的鸟则天一冷就朝南方飞去了。不过等开了春，肯定还会飞回来。

大杂院曾红火过一阵子。大门口有门卫，有进出的车辆，有脚手架、搅拌机，有头戴安全帽的工人……砖头、钢筋、工棚充斥工地，看那情形，过不了多久一排排崭新的楼房就会拔地而起。只是后来的情况有点出人意料，先是工地停工，然后是一应的设备、工料被慢慢掏饬走了，到最后，整个工地上就只剩下先期开建的两层楼的框架，连脚手架都被拆掉了。那时候工地上还没有野草，更没有杂树，建筑材料和设备一撤走，院子一下子就被掏空了，这时剩下的就只有风了，在院子里无拘无束地晃荡，在风中，那两层楼的框架就愈发显得瘦骨嶙峋，时日一久，愈发像一位暮年的老人。

小累两岁的时候，爸爸妈妈带着他从安徽老家来到这个叫龙头关的地方，在菜市场门前租了两间小门面，做烧饼油条，也卖豆浆。周边的居民、附近打工的、做小买卖的，早上起来，烧饼夹油条，再来杯热豆浆，早饭就对付了。

龙头关是小秦淮河的尾部，河的源头在城北，河水一路穿城而过到达龙头关，过了龙头关，直接汇入古运河。龙头关是城乡结合部，过了运河，就是郊外了。

可能是因了龙头关的名儿，被小秦淮河分开的这片区域，河东叫东关，河西则叫西关。小累家的烧饼铺子开在西关。连接东关和西关的龙头关上面是桥，下面是闸，在闸板的两侧真的各有一个石雕的龙头。夏日里雨水旺的时候，河里水涨，龙头关可以开闸放水。

西关和东关的人们往来主要走龙头关桥。后来东关拆迁了，那么多的老居民一下子都作鸟兽散去，曾经的人员稠密瞬间被稀释，这龙头关桥也逐渐冷清了。

小累五六岁的时候，东关就变成了大杂院。

当初，东关差不多都是老民居，还有近百年房龄的。这样的老屋拆了，老土肥沃，再加上阳光充沛，大杂院里的树木、野草吸足了养分，长势肆无忌惮，它们逐渐超越了围墙，向更高的空间伸展。它们枝条粗壮、叶片墨绿，一副顺风顺水模样。

时间有点长远，又始终处于无人问津状态，有一节围墙不知道是人为还是自然坍塌，倒出了一个圆形的大豁口，不上学的时候，小累常常穿过龙头关桥，通过大豁口钻到大杂院里玩。

特别是夏日里，大杂院有树荫，比外面凉爽。在杂树丛间有时候还可以辟块小空地，人能躺到草地上。身下是松软的，头顶有斑驳的阳光，它们透过枝叶，照到脸上，一会儿照左腮，一会儿照右腮，不晒人，但有酥痒的感觉。小累喜欢闭着眼睛，让阳光在脸上、身上照来照去。

每次去大杂院，小累都不是一个人。一般都是跟小黄鱼和小豆腐。当然了，小黄鱼和小豆腐都不是真名字。小黄鱼叫吴洋，小豆腐叫周子豪。他们一个家里是卖水产的，一个家里是卖豆腐的。菜市场里的大人很烦人的，就像他们几乎不喊自己小累，而喊小油条一样，他们喜欢给小孩子起外号。这外号喊得时间长了，不但周边的人默认了，就连本人好像不认可都不行，有时走过菜市场，人家喊：小油条。小累也会答应。

小累、吴洋和周子豪是铁板的伙伴。三人里吴洋大一岁，小累和周子豪同岁，属狗。小累妈妈说他们在一起就是两条小狗一只鸡，生活里狗会撵鸡嘛。吴洋虽说大一岁，但常会被俩小的捉弄，吴洋脾气好，也许是知道自己大一点，让着小累和周子豪呢。小累妈妈放心他们仨在一起玩。只是这样的玩也没能持续多久，吴洋家和周子豪家相继搬走了。

吴洋家是先搬走的。那时候城市发展特别快，外围的房子可劲儿地盖，老城区的居住环境自然跟不上，年轻人都朝外走，留下的多是些老年人，没什么购买能力。酒楼、饭店也朝外围扩张，菜市场的生意一天不如一天。再有，吴洋家卖的海鲜、贝类主要针对的就是饭店酒楼，这些主顾来得少了，生意也就没盼头了。吴洋爸爸就在城北一家新开张的农贸市场附近买了房子，然后把生意一道搬了过去。

大约一年之后，龙头关菜场生意更见萧条，当时还有传言说这菜市场将要整体搬迁，西关也要拆迁。周子豪家便提前做了归置，也搬走了。

如果不是小累的爸爸出了意外，他们家烧饼铺子可能也搬走了。

小累曾在半醒半睡间不止一次听到妈妈跟爸爸说这边生意不行的话，跟爸爸念叨要搬家，找个好的市口，能多赚点。妈妈还说到眼下家里攒了多少多少的钱，隐约还说到了买房子。小累记得吴洋才搬走的时候，自己是跟妈妈说过的，想要个新房子。爸爸和妈妈当时都笑了，爸爸对小累说："放心，新房子肯定会有的。"

小累爸爸是早上给饭店送烧饼油条的时候出事的。在一个拐弯处，小累爸爸被一辆拉沙土的卡车撞倒了。那时候天还没有全亮，路上行人不多，小累爸爸躺在马路上，人还有意识，他清楚地看到卡车司机撞了自己之后，都没有打停站，而是直接加大油门一溜烟跑了。

后来尽管报了警，但警察也无能为力。警察说对方车辆应该是农用牌照，而且涂抹得脏兮兮的，电子眼根本没有拍到具体号码，查找起来是有难度的。他们知道白天不能进城，所以大都选择在早晚或者夜间进城干活，而且行驶速度都比较快，存在很大的安全隐患。

小累爸爸在医院住了一个多月，出院后还是不能爬阁楼睡觉。小累妈妈只好撤掉了两张客人喝豆浆的桌子，用一块布帘隔了里外间，给小累爸爸养身体。

爸爸不能做事，小累妈妈一个人没办法做烧饼，只能炸点油条、煮点豆浆凑合着营生，就算是这样，有时候还会弄得手忙脚乱的。小累在家的时候，妈妈会喊小累帮着做事，无非是给客人装装油条、舀豆浆或者找个零钱啥的。自从爸爸出事后，小累好像一下子长大了，特别星期天，小累也不睡懒觉了，早早地起来，给妈妈打下手。那阵子，小累常听到妈妈叹气。那种声响敲在小累的心口，不是疼、不是痒，那是一种说不出来的感觉，有点像连日的阴雨天里，带着黏答答、湿漉漉的气息。

吴洋和周子豪搬走后，只有吴洋来找小累玩过一次。看到吴洋，小累可开心了，忙不迭地给吴洋舀豆浆、搛油条。可吴洋没有吃，他说来的时候路过蒋家桥，吃了饺面。小累有点落寞，小累想让吴洋吃自己家的豆浆、油条。

一个人再去大杂院，小累总是开心不起来，树荫、草地、裸露的碎瓷片，以及那些叽叽喳喳的鸟雀，都提不起小累的兴致。小累说之前的大杂院是海，他们仨就是大海里的三条鱼，游累了，就躺在珊瑚礁（草地）上，看海水，看蓝天，看枝条摇曳，看落叶缤纷。现在，海还是那个海，自己是一条鱼？不像。一条鱼在水里也是欢快的呀，现在的自己哪里还有一丝一毫的欢快呢。那像什么？有点像一条落了单的癞皮狗。小累这样想。

这个"狗"字一入脑，小累一下子想到了老家爷爷养的狗了。小累还记得有一年自己亲眼看爷爷给狗垒窝的，自己还帮爷爷搬砖呢。眼下在那棵长得最粗的刺槐旁就有一堆砖块，还有大小不一的板材。爷爷垒的是狗窝，我可以盖房子呢，小累想。

说干就干。小累先清理清理树根附近的杂物、衰草，用砖头的棱角去戗那些手薅不动的根须。然后再用砖平面拍平地面。时间不长，小累就弄好了一小块平整的土地。接下来便是垒砖了。

小累记得爷爷说过，用单排的砖垒墙不牢靠，容易倒，可以用双排的，小累也垒双排砖。大杂院里虽说少有成堆的砖头，但散落的多，把它们聚一起，不费事。

也不知道过了多久，反正小累是真的累了。那时候，小累的手上、脸上、衣服上都是脏兮兮的了。特别是脸，汗水夹着尘灰，再被他东一揩西一擦的，就是个标准的五花脸了。但小累格外兴奋，四面墙总算垒平了，临近自己的胳肢窝高。小累试了好几块板材，最终总算找到一块合适的，可以把四面墙完全盖住，这板材一铺上，房子就完工了。

终于可以坐下来歇歇了。小累一边歇息一边欣赏自己盖的房子。这看着看着，小累看出了美，也看出了不足。

房子靠着大树，可以遮阴、挡风又挡雨，好。板材好，丢大杂院里好几年了，都没有（腐）烂，板材上好像是涂了油的呢。分量也够足，小累差点儿没有搬动，有这样的木板盖着，自己的房子就不会漏雨。

至于不好的地方，小累也看出来了。房子没有窗户，不透亮。再有，怎么看这房子都是光秃秃的，不像房子，倒是和老家里爷爷垒的狗窝长得差不多模样。

小累脑子转悠转悠就转回学校里了，就想到上午语文课上学到的一个字。那是"阁"字。

老师说鉴于同学们的年龄原因，暂时没必要探根求源，记住这个字是一种房屋就可以了。关于组词，它可以组成"阁楼"。简单地说，就是在原有的房屋上再搭一个小二层，可以摆放杂物，也可以留着住人。老师还说，阁楼这个词组很有意思，可以颠倒过来，说成楼阁，也是成立的，就是楼房的意思。

老师的讲解，整个班级里恐怕只有小累理解得最透彻。

对照老师的讲解，小累知道，自己家烧饼铺里爸爸搭的小二层就是阁楼。而吴洋爸爸买的房子，楼上还有一层，是楼中楼，但肯定不能叫阁楼，应该叫楼阁。小累一家住阁楼，学校里之前只有吴洋和周子豪知道，小累从不在同学面前说起这事。

一念至此，小累就知道自己的房子还不能算完工，绝不能让自己的房子长得跟爷爷的狗窝一样。小累要把自己的房子建成楼阁。

小累又忙活开了，四处搜集砖头。

小累把小二层缩了一大圈，高度也只有一层的一小半。这样砖头用得少，也省了不少工夫。正好前面废弃的一块木板也派上了用场。防止风把二层的木板刮掉，小累又在木板上排了一层大小不一的半截砖块。

有自己的楼阁，再去大杂院，小累心里舒坦多了。而遇见胖花之后呢，那就是锦上添花了。这个词语是语文老师说的，老师说这词语的意思就是好上加好。

胖花是一只黑底白花的猫。应该是一只野猫，因为它住在小累的楼房里。

那是个星期天，小累是小晌午前后去大杂院的。人还没有走近刺槐树，一只猫忽然从楼底层窜了出来，事发突然，把小累吓一大跳。

猫没有跑远，眼见小累走到砖屋前不再动弹，猫便蹲一截枯木上，目不转睛地瞅小累。也许野猫在小楼里住有一阵子了，只是小累没有遇见罢了。

小累有点惊喜，也蹲下身来，朝猫招手，还喵—喵—喵—可劲地召唤。猫自然不会理睬小累，小累就起身朝猫走近。小累进，猫退。小累再进，猫便一溜烟窜了。小累看到猫的前右腿好像有点瘸，它跑走的时候，前右腿有点颠。

自己盖的楼房有人（猫）住，小累按捺不住心间的喜悦，回家的路上小累都是蹦蹦跳跳的。小累想好了，明儿再来，要带点烧饼、油条给猫吃，今个第一次见，猫不知道自己是好人还是坏人，肯定防备着，不敢近前，等处的时间长了，会成好朋友的，小累相信。

回家的路上，小累还给猫取好了名字，就叫胖花。锦上添花嘛，添的就是胖花。

第二天放学一回到家，小累丢下书包，便掰了半块烧饼抓了一根油条朝大杂院跑。

小累没有遇见胖花。

　　小累在刺槐树下坐了好一阵子，临走的时候，小累又去找了四块整齐的砖头，在小楼门口摆成一个小正方形的平台，小累把烧饼和油条放在台子上，留胖花回来吃。

　　也就是半个多月的光景，小累和胖花就熟稔了。小累坐在树下，胖花会围着小累转圈，用脊背、用头不停地蹭小累。小累躺下的时候，胖花会卧到小累的腿上。小累去抚摸胖花，胖花会用舌头舔小累的手。胖花的舌头上有好多的小刺刺，舔人的时候，酥痒酥痒的，小累总想笑，有时真的就笑出声来了，胖花也不害怕。小累也看清胖花右前腿的问题了，它前爪缺了一个不小的角，像人少了两根手指头。也许是大杂院里的铁器啥的给伤的，也许是老鼠夹之类的东西给夹掉的。小累看得心疼不已。胖花常会自己舔那个地方，小累有时候想抓过来仔细看看，胖花都会用力地收回去，好像不愿意给小累看。

　　小累每次过去都会给胖花带饭。当然以烧饼油条为主，偶尔家里煮鱼，小累都不许爸爸吃鱼头，那个要留给胖花。胖花能把鱼骨头吃得一干二净。

　　围墙豁口的地方常有人倾倒生活及建筑垃圾，有一次小累看到一个沙发垫子，还蛮干净的，大小放到小楼底层也合适，小累就捡了起来，用木棍使劲敲打一阵子，然后给胖花当床了。

　　小累还捡到一个铁质的平底碗，小累拿到小秦淮河边洗干净了，留给胖花当茶碗，过个三两天，小累就用矿泉水瓶给胖花带水去，胖花不能光吃，也要喝呢。

　　有一次语文老师布置的作文是让写一种小动物，要求不能少于300字。小累写的就是胖花，而且题目取得也好（老师的话），叫《我给胖花盖楼阁》，小累整整写了500字。老师把小累的作文当作范文在班上朗读。老师还说小累的文字有幽默感。因为小累在作文中有这样的一句话："我盖房子给胖花住，不收胖花一分钱房租。"

后来班上有好几个男生问小累作文里写的是不是真事，他们要去大杂院看小累的楼阁，去看胖花。

吓得小累心咚咚地跳，赶紧撒了个谎，说都是我瞎编的，我哪里会盖什么楼阁。然后撒丫子跑掉了。

初遇胖花的时候是中秋时节，这眼瞅着就要过年了。小累发现胖花真的让自己给养胖了，肚大腰圆，肥嘟嘟的。星期天里小累去得早，可以跟胖花一起晒太阳，卧在小累身旁或者腿上的胖花，呼噜打得有滋有味的，它蜷着身子，头埋在怀里，底肚皮都露了出来。小累就看到胖花两排小奶奶，红嘟嘟的，比平时大。小累就忽然回过神来，胖花可能真的是胖了些，但眼下的肚大腰圆，可不是胖，胖花是要生小宝宝了哦。

在接下来的日子里，小累几次跟妈妈说想吃鱼。其实小累是想给胖花加点营养。

小累是腊月二十五跟爸爸妈妈一起回安徽老家的。尽管心里有一百个不愿意，但不可能让爸爸妈妈改变主意。车票是早先订好的，不然到近前根本买不到。走之前，小累给胖花留了五块烧饼五根油条，还有一小块五香酱牛肉。那是爸爸买来留着带回老家的，小累偷偷地拿了一小块。小累怕胖花过年时找不到吃的，再有，胖花要当妈妈了，更需要营养。

　　小累要到正月十八才开学，往年里，爸爸妈妈都会在正月十三左右返城。之前一切都听爸妈安排，小累没有时间概念，只要不耽搁上学就行。再说乡下里也好玩得很，能放烟花鞭炮、有高跷队、有舞龙和舞狮子的，锣鼓唢呐一起来，能敲打得震天响。可今年不一样，小累有自己的楼阁、有胖花，要分别小二十天呢，小累放心不下胖花。

　　爷爷就说小累跟往年不一样，不欢、不闹腾，好像对啥都没感觉。难道说是恋着城市，是不喜欢老家了嘛？

　　小累也不好跟爷爷实打实地说，只是常常盯着狗窝看。有一回小累跟爷爷说，这狗窝上面再加一层，就是楼了。

　　爷爷听了后哈哈大笑。说狗子还用住楼嘛。咱小累是不是想要自己的楼了啊。这个可别急，爸爸肯定会给小累买的。如果爸爸不买，爷爷给小累买。

　　爷爷哪里会知道小累的心思呢，小累的心都在大杂院里的胖花身上。

　　小累一家是正月十六傍晚回到城里的。出站后，考虑携带的行李有点多，小累爸爸喊了一辆出租车。出租车开到烧饼铺前停稳后，小累爸妈和司机忙着卸东西，小累下了出租车就隔河朝东望，只一眼，小累就怔住了。小累大喊："妈妈、妈妈你看，那儿是怎么了，怎么了嘛？"

　　正在搬行李的妈妈不知道出了什么事，顺着小累的手指一看，妈妈也看出了变化。大杂院上空空荡荡、亮堂堂的。那些伸向天空，伸向围墙外的树干、枝条，这个季节还该有的枯叶都不存在了，夕阳的余晖下，那两层裸骨露筋的楼框架，格外显眼。没有枝条树叶的遮挡，它成了大杂院名副其实的主人，高大的样子，独霸一方。

出租车司机似乎明白了小累的心思，他说：

"你们不知道啊，东关地块早就给一个大老板买去了。人家这是准备开工的，要造明清老街区，都是仿古的房子，青砖黛瓦。好像说要跟那个什么平遥古城学的。建好的街区，吃、喝、玩、乐、购一条龙服务，行行不缺。这两天在清场子呢。"

小累没有再听下去，他撒腿就朝龙头关跑。过桥，奔围墙豁口，幸好那个豁口还没被堵死，只是豁口里边那些垃圾不在了。再朝里走，原来的杂乱、枯枝、衰草、树木都不见了，取而代之的是连片的平整的开阔地，视力所及，还能看到一些堆成堆的树干、枝条及杂物，看样子那是还没有来得及清运走的。

这时候夕阳已被围墙遮挡住了。如果是在往常，大杂院里的光线是透着暗淡的，杂树丛中更是，胖花可能就在树丛中玩耍，看到小累来了，会悄无声息的在小累面前现身，直到小累蹲下来，拿手去抚摸它，胖花才会喵喵地叫出声来。现在，清理后的大杂院除了敞亮，就是空旷，死寂的空旷。

小累找到自己楼阁的位置，那棵粗壮的刺槐肯定是不见了，就连树墩儿都被刨了出来，坑洞没有填实在，留下一个不大不小的凹瘪子。至于小楼，哪里还有影子。不要说小楼，就连那些砖头、木板都没有一丝一毫的痕迹。

胖花呢？

小累原地转了一圈，除了堆成堆的树枝杂物外，多的就是几辆工程车，也没有人看守。小累知道肯定就是它们铲了刺槐树，毁了自己的楼阁。现在，它们好像要撇清自己的干系，没事人一样，孤傲地立在一旁，在嘲笑自己。小累觉得有股气息在胸腔里左冲右突，小累能听到自己的喘息声，还有心跳。

胖花可能已经有自己的宝宝了呢。

小累越想心越慌。小累无助地蹲下身子，就看到地上的一摊殷红的血迹，再朝前，有七八步远的地方，小累看到了胖花喝水的碗。那已不能再叫作碗了，肯定是被工程车多次碾压过了，成了扁平的铁片儿。

小累再也忍不住了，泪水像断了线的珍珠，吧嗒吧嗒地往下落。

小累抬手去擦眼泪，不想越擦流得越多。

小累"哇"的一声，号啕大哭起来。

从"西游记"到"西厢记"

　　我是通过老丁认识白絮的。那是 2016 年底的事，当时我跟前妻刚刚离婚，除了名下一辆二手轿车外，等于净身出户。反正又没有孩子，双方都没啥负担，一拍两散。

　　离婚后，我租了套小公寓作为安身地。房子是老丁给找的，房主就是白絮。

　　差不多一个月之后，由老丁牵头，叫上了我们共同的好友大秦，还有白絮，四个人在沿山河边一家火锅店小聚了一回。

　　白絮虽然是新相识，但在此之前，交接房子的时候也见过几回，老丁和大秦就更不用说了，多年的老基友。用餐的氛围自是没话说，白酒、啤酒轮番整，窗外北风正紧，桌上是热火朝天。一开始白絮只脱了外套，绕在脖颈上的围巾还保留着。一杯白酒下肚，白絮的粉面就灿若桃花了，她顺手取下了围巾。那天白絮穿的是浅脖绒线衣，细长的脖颈都裸露出来了，泛着绯红色。那自然也是酒精的作用，若是平时，肯定是白皙的。

　　说实话，白絮算不上多美的女子。但她生了一副国泰民安的脸，安静中自带光芒。关键肤色又好，属于那种耐看、容易让人心生欢喜的类型。可是以当日的心境，我哪里会生臆想，最多是看作可以同醉的酒友吧。

老丁和大秦知道我心底有不痛快，怕我喝高了，几次挡酒，我不买他们账，我说第一次跟房东喝酒，我得陪好，房东高兴了，也许日后能给减些房租。

临散场的时候，我说咱们建个小群吧，得到了一致响应。在取群名的时候尽管产生了分歧，但最后还是听从了我的建议，叫"西游记"。

最先反对这个群名的是白絮。她说《西游记》里正好是四位主角不错，但仨妖一个人呢，你们说说我们四个谁是人？谁是妖？

对白絮的态度，大秦表示附议。大秦说当然还有其他选项，就是那匹白龙马，介于人妖之间，可谁又想做牛做马啊。

关键时刻老丁起了作用，虽没有开口支持我，但绝对没有投反对票。老丁说是人是妖都无所谓嘛，反正咱混得也都一般般，虽说人前人后也人模狗样的，但实际呢，彼此都心知肚明，随缘随缘。

老丁的话里有两层意思。一者是说我们四个都是芸芸众生中的普通人，丢到人堆里，一点儿都不显山露水。至于人模狗样，就是另外一层意思了。那是说我们四个多少还有些长处，用圈子里的话说就是都有各自的玩项。我，是玩诗歌的。老丁是玩画画的。大秦，是玩书法的。而白絮呢，是玩琴的。

当然了，如果不用一个玩字，是可以换成另外一种表述方式的，那就是标准的人模狗样了。我，是位诗人。老丁，是画家。大秦，是书法家。白絮，是古琴传承人。

至于我们四位玩项各不相同，对我们之间的交往，绝对大有裨益。什么同行是冤家、文人相轻可不是只存在于书面上，现实里的例子不胜枚举。现在我们四位，每一位在另外三人眼中那都是佼佼者。好比说我吧，写诗歌，他们仨肯定都不是我的对手。至于弹琴，我、老丁、大秦就难以望白絮项背。我们之间只有相互崇拜，没有竞争，最能相安无事。

2006 年我初到江城的时候，正好我的一组诗歌刚刚在《红星》诗刊发表，十二首诗歌，接近二百行。《红星》诗刊虽说是省级刊物，但它在诗人心中的地位非比寻常。有这样一次发表经历，多少增加了我心里的底气。说实话，写诗多年，有点枉称诗人，有限的发表都是在小报小刊上，提不上嘴。更难堪的是老大不小了，依然孑然一身，一事无成。爹娘说我像个二流子，在镇子上，人前人后他们总觉得抬不起头。

到了一个新的处所，自然想挤进当地的文化圈。我在江城遇见的第一个文化人就是老丁。

后来我常跟朋友们说老丁是我的贵人。

那时节老丁在红园花鸟市场开一家画廊。说是花鸟市场，其实经营的多是些文玩杂项、钱币邮票啥的，也有卖宠物的。市场的地理位置特好，就在护城河的边上，景致也佳。不要说江城本地人周末假日里喜欢去逛红园，就算是到江城来的外地游客，也愿意去淘宝。我就是在一次闲逛的时候误打误撞走进老丁画廊的。

老丁画廊正对着护城河，更难得的是在河岸边还多了一块朝河内延伸的小平台。夏日里，老丁在平台上撑一把遮阳伞，摆一茶几，配四张藤椅，来客可以在那儿品茶聊天。凑够四个人，还能来两局掼蛋。伞下浓阴，桌上茶香袅袅，盈尺之外河水粼粼，偶尔还有小游艇划过，那情形，几多闲适、几多惬意。就算是在那儿谈俗气的钱财交易，也能谈出个心境澄明来。

和老丁初次见面，我就报出了自己诗人的身份，并且貌似漫不经心的说出了新近发表诗歌的事。看来老丁一点儿都不外行，说那可是介于牛 A 和牛 C 之间的事。老丁还说江城那么多写诗的主，可少有能上《红星》诗刊的呢。老丁说以后会慢慢介绍朋友给我认识。最后老丁带着我把他的画廊看了个遍。

画廊里以老丁自己的画作为主，条屏和斗方居多，老丁说尺幅较大的一般都需特意定制，不做无目的的投入，时间上也不允许。挂出来的作品装裱都很简单，条屏多卷轴，斗方多装框，几乎都是直角，看不到圆角的框。每幅作品都明码标价，一圈浏览下来，发现价位普遍不高。画廊里也有一些本地画家及书法家的作品展示，标价则明显高于老丁自己的画作。每到一幅他人的作品前，老丁都会对作者做个简要的介绍，比如这位是做啥工作的，那个又担当了什么职务，谁的高明之处在哪。老丁还说，其他人的作品标价高，并不是说那些人的水平就比自己高多少，真实的目的是让顾客止步，转而购买自己的作品。

江城民间有句老话"堂前无字画，不是旧人家"。一般家庭，特别是新房乔迁，主人都喜欢挂些字画，说是装装门面也可，说是附庸风雅吧，也行，反正都是脸面增光的事。

老丁画廊可算是开在节点上。老城改造，新城外扩，新置、调换房屋的人如过江之鲫，字画市场自然也跟着沾光。刚好原单位效益又不咋好，老丁便还了自由身，专职泼墨挥毫，流水线式的，一门心思画画卖钱。这也着实让他狠赚了一笔。

知道我在江城还没有个稳定的差事，老丁特意把我领到一幅书法作品前。

那是幅四尺斗方行书，内容是唐代诗人杜甫的《春夜喜雨》。诗人以极大的喜悦之情细致地描绘了春雨的特点和成都夜雨的景象，诗歌整体意境淡雅、意蕴清幽，既具诗情，又存画意。不得不承认书者选择这首诗来书写，是有一定眼光的，喜庆又具美感的东西才有市场。

作品取法宋代黄庭坚的笔意。黄庭坚和北宋书法家苏轼、米芾及蔡襄齐名，世称"宋四家"。在"宋四家"中，黄庭坚又是最具创意的书家之一，特别是行书更是独具一格，其纵横舒展的用笔，给人以一种气势开张、喷薄恣意的享受。此幅斗方学黄字，也得黄字气息，具有辐射式结构又不显松散，开合张弛也恰到好处，在章法上布置得也算错落有致，是幅不错的书法作品。

我去看左下角的落款和钤印，却是没有认出来。

老丁说这字是大秦写的。他是政府的公职人员，有点儿权，改天介绍你们认识认识，或许能帮到你。

一开始我只当老丁说的是客气话，没成想他还真的把我和大秦约到了一块。认识大秦时间不长，我就从一名仓储工人，摇身一变，成了一份杂志的编辑兼记者。

当然不是什么正规的杂志，就是通过报社的关系，在新闻出版局申请到一个内部出版的刊，然后采写等于是广告的软文。当时正是地产业高歌猛进的年代，杂志的主要客户便是地产商。杂志印出来后，除了交给出资的地产商外，多余的便投递到城内各大酒店、商超、娱乐场所的书报架，无形中也是拓宽了我们杂志的客户群。一些企业主看到，也会主动联系我们，去给他们做宣传。这种活，说白了，也就比那些跑街头发放广告传单上一点儿档次罢了。

这样我便常常混迹于一帮地产巨头、营销部门负责人和企业主之间，他们富得流油，经常请我去灯红酒绿的场所消费。我呢，一边享受美食美酒，一边还有不菲的收入，正所谓快意人生，心里深深地爱上了江城。在爱江城的同时，还时刻不忘告诫自己，要感恩一个人，那人自然是老丁了。没有老丁，估计这会我还困在那家大型仓库里做搬运工人呢，人得知道感恩。

我总说，那是多么美好的遇见和相识啊。

那时候根本没有想到，更美好的事儿还在后头呢。

在我到江城的第三个年头，由老丁牵线，我脱单了。女孩子是老丁之前住老城区时的邻居。照老丁的话说，虽然自己比女孩子长十岁，但从来没觉得外分，女孩子一直都是邻家妹妹的形象，也算是看着她长大的吧，更何况她还曾在自己的画廊里帮过两年多的工。

除了在江城做简单的宴请，我们还回到了老家的镇子上，依照乡村风俗摆宴结婚，当时我是开大秦的新大众回的乡下。那一回，我算是给爹娘彻底挣足了颜面，特别是娘，走路时候脚底都像装了风火轮，喜上眉梢这样的词语用在她身上都有点儿不合适，直接是喜上头发梢了。镇子里的人都在传言，说那个不会种庄稼、只会写诗的华子在城里不但买了房子和车，还娶了城里的女娃子。就连那些当初说我写的是"屁湿"的人见了我都面含谦恭。

我又何必说破呢。所谓的房子是两家凑的首付才买下的，车子是借来的。乡邻们哪里会知道这些。

结婚两年后，我出版了个人诗集。序是请江城作协主席写的，书名是请大秦题的。除了题写书名外，我还请大秦干了个活儿。在序的前面，我特意设了衬页，上面只有一行竖排的毛笔字：谨以此书献给我敬仰的老丁。也是大秦写的行书，和书名一样，有黄庭坚之风。

这些都是开心的事，当然不如意的也有，那就是妻子一直都没有怀上小宝宝，一开始我怀疑是自己的问题，为此，特意跑到大医院去做了各种检查，结果各项数据都正常。

然后我就怂恿妻子去医院查一下，可妻子总是含糊地应着、搪塞着，好像一点儿都不着急。

不过那时候确实也是够忙的，编辑文本，采写稿件，自己的诗歌写作肯定也不能落下，偶尔还要参加诗友们的应酬及采风活动，每日生活安排满满的，检查、生孩子的诸多事宜被一拖再拖。

我们的婚姻终于没有挺过七年之痒，来的时候是惊喜，散的时候是平淡。后来读一些文章说，一个家庭如果没有孩子维系，破裂的几率相对有孩子的家庭来说要大得多。我很是赞同。

才离婚那阵子，我特意让理发师给推了个平头，寓意一切从头开始。其实不这样自我安慰又能怎样呢？结婚、买房交首付，把早先的积蓄都搭进去了。后期虽说收入依然不差，但每个月还完房贷，也便所剩无几。现在心里唯一的底气就是还拥有一份不错的工作，还有重新再来的资本。

在完成好本职工作之余，我还常常揽一些有酬劳的文字活儿。早些年间，经常有人找上门来，请写这类小软文，当时首先有点儿清高，再有就是也看不上那点儿酬劳，现在不一样了，感觉自己很差钱，能多勾点就多勾点吧。可写的次数多了，心里每每会生厌。这怎么能跟我的诗歌写作相比呢。诗歌是彩霞，那些有偿文字就是乌云；诗歌是花朵，有偿文字就是枯枝烂叶。可面对乌云、面对枯枝烂叶，我还得打起十二分的精神。不然，人家雇主不乐意啊，我一度觉得自己离诗情越来越远了，有点儿堕落了。

西游记群常常不合时宜的鸣叫。有时是大秦写了幅满意的字，有时是老丁上传的一幅新作，有时呢则是白絮弹琴的一段音频。在西游记群刚建立的时候，我也是活跃者，给他们点赞，提看法。我也会把新写的诗歌发到群里，让他们三位做第一读者。不写诗的人对诗歌的见解常常出人意料，我曾几次受益呢。有时候我的诗歌在某某地方发表了，我会把链接或者拍下纸刊的图片，发到群里，引得一片掌声和鲜花，然后就有人起哄，让发红包，我是掏了钱，心里乐呵着，他们仨呢，抢了红包自然心里也是美滋滋的。群里一派祥和。

现在不同了。消息提示音好比是灾难。特别是在给人家写有偿文本的当口，他们仨在群里忙活，并且还会不停地呼叫我，消息此起彼伏，我是越听越刺耳、乱心。有几次，那份刺耳直接导致我脑际一片空白，感觉自己瞬间成了白痴，天地混沌一片。

其实我心里也清楚，真正的症根应该不在这儿，但我还是屏蔽了群消息。

西游记群是从哪天开始变成只有三个群员的呢，我一点儿都不知道。

反正是个小群，查找谁跑了很方便。是大秦。

那一阵子大秦正喜事临门。他被任命为新一任的文联主席，直接从原部门脱产。我们还打算等大秦正式上任后，摆酒为他好好庆贺庆贺的。

趁着吃午饭的空，我拨通了大秦的电话。

先是祝贺他荣登文联主席宝座，然后直奔主题，我是携着责问口吻的，有兴师问罪的意味。我问他为什么退出西游记群？

一转到这话题，不想大秦的话里也燃起了硝烟味。

大秦说自己从来不喜欢管别人的一亩三分地，任凭他们怎么无法无天，是他们自个的事。但绝对不能触及自己的底线，对于那种道貌岸然的货色，自己肯定不会继续与之为伍。

听得我云天雾地的，一头水。

我给白絮电话，想探个究竟。白絮也没有说出个子丑寅卯来。只说眼下他们俩是闹掰了，至于起因，意思说好像跟大秦的老婆有关。

大秦的老婆跟我实际见面次数不多，但电视上却是常见。

她是电视台一档节目的主持人，不能说是绝色美女，但绝对气质满满。她和老丁之间的交集应该也不多，我仅知道的就是老丁上过她主持的一次栏目，主题是"笔墨人生，诗意生活"，其实也有点儿软广告的意思，等于是在推广老丁的画作。

事已至此，我只能问后一位当事人了。

老丁竟然也是满肚子的委屈。说什么时位之移人，人家现在是文联主席了，跳高枝了，不愿意跟咱穷哥们卧一槽了，十几年的交情说踢一脚就给踢了……杂七杂八的说了一大堆，我愣是没有理出一丁点儿实用的。

老丁的话有股酸劲儿，不过想想也很正常。之前，大秦是书协主席，老丁是美协的副主席，大体算是同级吧。我呢，是作协的理事，白絮是曲协的秘书长。对于这些虚头巴脑的名头，白絮和我一样心思，从不放心上。但现在大秦翻了个筋斗云，成了文联主席，那是正规的大领导，官方委派。如此一来境况就大不一样了，老丁有委屈，也可以理解。我的想法很简单，就是嫉妒加抱怨，打败友情了呗。

群里少了一个人，西游记就名不副实了，我跟白絮说得重新取个群名字，白絮说你建的群，你做主。

等我取好了新群名，白絮跟上次一样，又提出反对意见。

我取的新群名是"西厢记"。

当然，取这个名字我是别有用心的。《西厢记》里有三个主要人物，崔莺莺是白絮，张生自然是我自己。至于老丁，就委屈下客串一回红娘吧，私下我还为这样的小聪明沾沾自喜。

几年接触下来，我发觉自己是越来越喜欢白絮了。白絮跟她的一帮琴友每周都会有一次雅集，场所不固定。有时候可能在某人的工作室，有时候也可能在哪一家民宿。那几年里，江城老城区民宿四处开花，只要条件许可，主家大都乐意承办这类文雅的活动，借机抬高自家的知名度。只要有机会，我都会过去观摩。白絮给的理由很是冠冕堂皇，说我是她们小团伙御用摄影师，专门过来拍活动照片的。自然每场活动照片的主角多是白絮。除了拍照外，我更愿意安静地听白絮抚琴。

白絮习琴勤勉，手法娴熟。在抚琴之指法上古人有"神采生于指端"之说，纵然曲风屡变，但指法不移，于一抚一弄间，尽显柔美。

抚琴时候的白絮心无旁骛，凝神静气，那情形有点儿不像居于斗室，而是纵情于山水间，自然万象、人之性情，都能转化为琴音。

我常常听得如醉如痴。人说"心正方可使操"，透过琴音，我觉得我和白絮的心灵和性情都是相通的。

可是我猜不透白絮的心思。

生活里我们有过亲密无间，但更多的却还是彬彬有礼。当然了这是线下的情形，在网上的相遇则有可能生些小片花。无非是在私聊的时候说上两句无伤大雅略带荤意的言语，都是很有分寸的。我从来没有超越雷池的行为。我曾暗地里给白絮写过一首《你是一味药》的诗，都没敢给她看。我害怕稍有僭越，现有的交情都有可能灰飞烟灭。

对"西厢记"这个群名尽管白絮有抵触情绪，但最后也没有说一定得修改群名。

尽管我不再屏蔽西厢记群消息，但三人群怎么也没再有过四人群曾经的热闹。偶尔我也会在群里发发自己的诗作，老丁和白絮也会上传自己的画作和音频，但后期的交流总显得干瘪，不够丰满，不充盈。好像就是一份应付，或者说是附和，从字里行间常能嗅出不情愿的气息，好比大街上偶遇一个不怎么相熟的人，招呼也不是，不招呼又为难，最后好歹于脸上挤出些笑意来，给人的感觉是不真诚，透着勉强。

说实话，我还是蛮怀念西游记群的。后来尽管也曾多次见过大秦，只要话题点到老丁身上，大秦要么是沉默，要么就是一点而带过，绝不深言。大秦也绝对不是那种背后使刀子的人，一旦跟某人不相往来了，就在背后死命地掐人家，恨不得把所有的脏水都泼过去。这也是我看重大秦的一个原因，人敦厚。

大秦不止一次跟我说过，他信奉的是"事不关己、高高挂起"的为人处事原则，人际交往上常留几分距离，可进可退，互不伤害。大秦坚持说他跟我其实是同一类人，有相同的气味，是能一道走远的。所以当初才结识，便愿意尽心给我寻工作。至于群这个东西，没必要被它束缚，好比人常说的天下没有不散的宴席，这群跟宴席一个理，说散就散了。但宴席上宾客只要缘分未尽，还是会聚的。听大秦的这些话，我心里都是暖乎乎的，在江城，结识这样的哥们，值得。

有一次我跟白絮私下聊天说起这些，白絮尽管话语不多，但我听得出来，白絮是认可大秦的，倒是对老丁似有微辞。白絮说人们常用长舌妇来特指那种话多嘴长的女人，其实这长舌男也大有人在，幸好大秦不是。我没能理会白絮想表达的意思。白絮还说了句，这写字的人通常比画画的人耿直度要高点儿。

我问她这是哪门子逻辑。

白絮立马止了话头，切换了主题。后来白絮跟跟我说，华子，你把西厢记群解散了吧。

我问白絮原因呢。白絮说这群的存在总让自己觉得别扭。

我说我不。我喜欢这个群，更喜欢这群名。

隔着手机屏，我看不到白絮的面部表情，但我能感觉出白絮心底定然是波澜微起，白絮停顿了好一阵才回复我。

白絮说看到我上面说的话，总想哭。

我有点儿丈二和尚摸不着头脑。回头重新看跟白絮的聊天记录，怎么也没有找出白絮想哭的端倪。

一场突如其来的疫情袭击了江城。在接近三个月的时间里，这个城市几乎停摆了，长途客运、公交商超、酒店、街市、物流、学校、售楼处、大大小小的工地……都被按下了暂停键，我们的杂志自然也不例外。一开始我们还有点儿小得意，长时间高强度的工作节奏早让我们疲惫不堪，心念着总算能享受一回无忧的假期了。可随着时间的推移，一丝莫名的恐慌和隐忧就爬上了心头。"春江水暖鸭先知"，我们清楚我们杂志的支持者是谁。冷静之后，我们开始反思这样的停摆会带来什么样的后果了。

疫情终于结束了，城市解封后，杂志编辑部同仁们欢呼雀跃，纷纷说要大干快上，争取早日把落下的杂志补齐了，把丢掉的损失找回来。我有点儿另类，跟他们的状态格格不入。因为我隐隐嗅到一股异样的气息。

果不其然，后期的采访、拉赞助几乎是处处碰壁。由头如出一辙，销售不景气，没钱。有好几家之前跟我们合作的大户甚至传出资金链断裂的消息。

挨了两个多月，好不容易才出了一期刊物，收入却只是早先的零头。老总直接上火成疾，血压攀升到180。

这也难怪。疫情前老总改善性置换，才入住的别墅。照眼下情形发展，如果没个好转，只怕月供都难以为继了。老总怎么能不急火攻心呢。

杂志不死不活的这样又僵持了两个月，没有收入，财务上也没钱开工资，还有小道消息说新闻出版局最近将要有新举措，现有的内刊会有所压缩，杂志能不能保住还两说呢。编辑部主任和首席摄影师直接跟老总请辞。老总堂堂七尺男儿，就差没当场落下泪来。说，你们都要走，咱这是要散伙了嘛？

我心里感念这份杂志当初的知遇之恩，尽管猜到后期十有八九是回天无术，但终于没有说出要走的话，无非也就是想再陪陪老总走上一阵子。窝在编辑部无聊，诗肯定是写不出来了，我打算回公寓喝酒。

时令已近重阳，傍晚时分的街道透着些许清冷，我绕道望月路买了份老鹅，又去临近的中餐店买了两份热菜。要是往常我可以直接杀到红园花鸟市场去找老丁，或者一个电话将他叫到公寓来。可自从红园花鸟市场整体搬迁到城北后，相距遥远，聚的机会也少多了。

　　一个人喝酒终是觉得无趣，翻看了两遍手机后，最终选定给白絮打电话。

　　白絮好像知道我会给她电话一样，没有一丁点儿的诧异，也没有问有什么事，只说自己刚结束一场雅集，琴还在车上呢，一会过来可以为我抚琴。

　　后来真的是我喝酒，白絮抚琴。

　　白絮还说了，琴曲可以由我选。

　　第一曲我选的是《酒狂》。白絮说好，应景呢。

　　白絮的琴技是得她叔叔真传的，《酒狂》又是常习之曲，指法更显娴熟，在弱拍的处理上，白絮也显示出了非凡功力，指间流出的低长音，沉重、苍茫，像极了我脑中左冲右突的思绪。而当白絮用长锁指法弹奏一长串同音反复时，我觉得我整个人都要飞起来了。

　　"孤鸿号外野，翔鸟鸣北林。徘徊将何见，忧思独伤心。"曾经多少次听过《酒狂》，好像唯有这一次，我听懂阮籍了。

　　一曲终了，我又选了《阳关三叠》。

　　可是白絮只弹了初叠，就止了琴音。

　　白絮说，太过离索，不弹也罢。

　　白絮又自顾自语道，你真的以为我是专门来为你抚琴的吗？我是来给你解惑的。

　　我有些愕然。

　　白絮说她心底是矛盾的。有些话，说了，自己就是长舌妇了。不说，心里憋屈，总觉愧对我。之前聊天时说自己想哭，根也在这儿。

能在文化圈里混，谁又不是聪明绝顶呢。

白絮说她太知道我的心思了，更知道我想在西厢记里扮演的角色……

白絮说我错了，而且错得离谱。在西厢记里，她是崔莺莺不假，可我绝对不是张生，我是最不愿做的那个红娘。

是的，白絮说，老丁才是真正的张生。

举起的酒杯就差没有摔下来。我抬眼看白絮，琴案前的她面如止水，但她的嘴唇翕动，白絮还在说。

我前妻高中毕业后，一时没有找到合适的工作，后来便暂时去老丁的画廊做帮工。一来二去，老丁用一条金镶玉的手链骗了她的身子，并致她两次怀孕，其中第二次还是宫外孕。偏偏手术的时候又出了点儿意外，直接导致我前妻终生不能再孕。

同款的金镶玉手链老丁也给白絮买过，但白絮没有收。

我知道前妻有一条金镶玉手链，做工精美，才结婚那阵子常戴着。前妻告诉我那是她外婆送的生日礼物。

关于老丁和大秦的决裂，白絮说也跟男女事儿挨边。大秦无意间看到了老婆跟老丁的聊天记录，老丁说了不少出格的话。尽管大秦知道老丁跟我前妻的过往，但他憨厚的认为都是在认识我之前发生的事，算是历史问题，可以忽略不计，但眼下有人跟自己老婆污言秽语，作为男人，是绝对不能容忍的，大秦是愤而离去的。

白絮是什么时候离开公寓的呢，我一点儿都不知道。

一瓶白酒喝光后，我又把家里存的啤酒都倒肚里了。

第二天醒来已日上三竿。

头疼欲裂，但还清醒。我记得昨晚白絮来过，记得白絮跟我说的每一个字，记得还有那个倒头的班，可上可不上。

但都不重要了。因为我心里已经决定要离开江城了，这儿还有什么值得我留恋的呢。没有了，一点儿都没有，我必须离开，一刻都不想停。

稍事收拾后，我拿起手机，先解散了西厢记群，然后给白絮打电话。

我告诉白絮，我要走了。钥匙我放在物业那儿，关于公寓里我所有物件，她都有权随便处置。

白絮叹了口气，"华子，我没有挽留你的理由。但你必须知道的，钥匙你可以带走，之后很长一段时间里，我会去公寓开窗、透气、掸尘，但绝对不会出租。如果有一天你想回来，那儿就是你在江城的家。"

我"嗯"了一声，便挂了电话。

就在我关门准备离开的时候，电话又响了。

是老丁打过来的。

这时候上班、上学的时间已过，楼道清静，电话铃声显得格外刺耳，透着焦灼与执拗。在连续响过三阵子之后，最终消失在我下楼的脚步声中。

恰卜恰有棵想我的柽柳树

恰卜恰现在是什么样子呢？

这样的念头一冒出来，满强不觉哑然。好像自己跟恰卜恰很熟，知道它先前模样似的。

爹过世之后，满强就想过要去恰卜恰，这样的想法一直持续了十年。

爹从恰卜恰回来就跟变了个人一样，不愿说话，有时候会长久盯着一个地方或者一个物件，可能是一棵树、一堵墙、某种植物，甚至是一把菜叶，爹面对它们的时候，眼神空洞，脸上看不出喜与悲。也许在爹的眼里，他啥都没有看到，他只是在想事，因为想的过于专注，以至于我们都认为，爹是在盯着某个物体看。爹越来越贪酒，常常醉得一塌糊涂。醉酒的爹不闹腾，只是会流泪。爹的苍老速度与日俱增，后来可能爹也感觉到自己来日无多，便剪下一缕头发，让满强收好。爹说在恰卜恰城外西南方向的尕海滩上，有一棵他亲手栽的柽柳树，娘就埋在那棵树下。有一天满强如果去看娘，一定要带上这缕头发，在娘的坟前焚了。

十年时间里，满强无数次勾画自己抵达恰卜恰的情形，揣测自己和恰卜恰城外那棵柽柳树相逢时的心境，每次都是不同的假想，满强觉得也许只有亲临其地，才会有确切的答案。现在满强终于可以把之前的想法付诸行动了，可以一点点靠近那个答案了。满强准备动身去恰卜恰。

送奶奶入了土，满强来到爹的坟前。满强跟爹说，您走后五年，爷爷走了。爷爷走后五年，今天奶奶也走了。您在那边见到他们了吗？如果你们早已团聚，我这信儿就算报的迟了。整整十年时间，我是替您尽孝的，现在，我了无牵挂，我想去看看娘和满柱了，当然，还有毛丫。

在满强的脑海里有一些与恰卜恰相关联的印象。可惜都是难以连续的断片，比如绿皮火车、牛羊、草原、风沙、雪山，当然也有穿长袍的藏族人，有戴白色小圆帽的回族人，有牛羊肉，鳇鱼，还有吃不完的面条……这些断片都是满强六岁之前的影像。有的越来越模糊，而有些则有了新的认知，好比那份吃不完的面条，后来满强知道了，在恰卜恰，那是自己给面片、拉面、炮仗面等一众面食的统一叫法。

六岁之后满强再没有去过恰卜恰。满强要上学了，在恰卜恰，像满强这样没有户口的孩子是不能入学的，满强只能留在老家。爹和娘带着四岁的满柱和一岁的毛丫则留在了恰卜恰。爹跟满强说，也就是两年多时间吧，满柱也会回来的。到时候你们哥俩一起作伴上学，就好了。

两年的时间也不算太长。满强知道就是吃两回饺子，过两回年吧，满柱到了上学年龄就回来了。那时候自己可能是三年级，如果满柱回来的迟一点儿，自己也可能是四年级了，那样

就可以教满柱认字、做算术了。当然最开心还是上学放学自己
就有伴了。庄子里的一些小伙伴明里暗里的有点儿疏远满强，
说他是从外地回来的，可能不是这个庄子里的，还有更可恶的，
竟然骂满强是野孩子。满强不敢跟他们论理。

傍晚之后是最难捱的时光，归置好农活和家务事后，奶奶
总是念叨让早熄灯，说费电。满强格外羡慕那几个家里有电视
机的孩子，满强也去过他们家看电视，可几次下来，满强再不
愿意去了，满强总觉得他们和自己不是一伙的。这样的感觉很
奇怪，满强也说不出个具体来，就好像自己跟他们身上的气味
不一样，很别扭。一旦拢到一块，两种气味会起冲撞，会打架，
不由得想分开。

爹有时候会来信。但那会儿满强还不能读信，尽管有的字
满强是认识的，但爹写的字一点儿都不工整，有的笔画是绕着
的，难认。就算是间或认识几个，语句不能连贯，满强根本猜
不出爹的意思。其实也没有啥事儿，无非就是问候问候两个老
人，再嘱咐一下带好小的，然后说说那边的生意，说说满柱和
毛丫。差不多每次都是这样，都是些可说可不说的话。

有时候爹也会来电话，那个就比较麻烦了。爹通常都把时
间选在晚不晌时，差不多人家都在弄晚饭，爷爷奶奶肯定在家。
爹把电话先打到村长家里，让村长的家人过来喊一声。然后爹
挂了电话，等着。一般都是二十分钟之后再打过来。

每次都是奶奶带满强去接电话，奶奶先听，说一些该说的
事。过一会儿再让满强跟爹说话。满强觉得爹跟奶奶一样唠叨，
每次都说要听爷爷奶奶的话，要好好上学，不要跟别的孩子打

架，不要下河洗澡……

满强跟爹说想要个电视机呢。

爹在电话那头稍微停顿了下，满强听得出来。满强知道爹一定是在想怎么来回答自己的这个要求，最后的结果自然不是满强想要的。爹说等满柱回家的时候吧，到时候一定给你们买电视机。

其实满强心里一点儿都不想留在老家，哪怕爹现在就给买了电视机。

老家里总有做不完的活儿。只要不去学校，爷爷奶奶干啥活儿都要带上满强。点玉米、追化肥、薅草、浇小菜园，最可怕的是收麦子跟打麦子，头顶是毒辣辣的太阳，身上好像总有数不清的麦芒，它扎你手腕、面颊，最不能理解的是麦芒看似没有腿，但竟然能像蛇那样游走，一不小心就窜到你胳肢窝了，你一扎，身上就红一片。对比下来，满强觉得还是上学好。面对自己的抱怨，奶奶会说，那你就好好上，上好了学，就不用干这脏活累活了，就能在城里住楼享福了。

除了干活，家里吃的一点儿也不好。奶奶就喜欢炒地蛋（土豆）、炒茄子，还有韭菜。这些都是小菜园里长的，一般是菜园里长什么，饭桌上就吃什么，鱼和肉几乎见不着。奶奶也养了几只下蛋的鸡，但炒鸡蛋是稀罕事。奶奶会把鸡蛋攒上一阵子，然后拿到集市上卖掉。有时候奶奶不在身边，满强会长久地盯着竹篮里的鸡蛋看，那些鸡蛋安静地躺在一层软麦草上，一个挨着一个，像是在抱团取暖。它们的壳子泛着银白色的光。奶奶说过，这自家鸡生的蛋壳子就是白色的，街面上那些大洋鸡蛋壳子是暗红色的，不好吃。满强对这鸡蛋壳的颜色一点儿都不感兴趣，盯着鸡蛋看的时候，满强满脑子想的都是蛋壳子包裹下的蛋白跟蛋黄儿，满强才不信奶奶的话，满强心里说是鸡蛋就好吃。

在恰卜恰，爹是卖猪肉的。傍晚去周边庄台子买猪，第二天早起杀猪，天明了去菜市场卖。当地人不怎么吃猪下水，特别是猪肺和猪小肠。忙过早市之后，娘会把它们收拾的清清爽爽，猪肺加白萝卜做汤，猪小肠加青椒炒，都好吃。满强其实不馋肉，特别是肥肉，满强吃不来，倒是这猪肺、猪肝、猪小肠的，满强吃不厌。娘也乐意做，肉要留着卖钱，这些猪下水反正都是卖不掉的，等于不花钱。

恰卜恰的鱼不多。市面上只有一种身子发黄还没有鳞的鱼，名字就叫黄（鳇）鱼，说是在一个大湖里生的。爹有时候会买上一条来让娘煮煮，满强也喜欢吃。满强不止一次听爹说过，这鳇鱼的籽是不可以吃的，能毒死人。满强有点儿理不清这里的道道，都是一个鱼身上的，怎么鱼肉能吃，这籽就能毒死人呢，猪身上不是肝、肺、肠都能吃嘛。

有时到了晌午，爹收摊迟，满强饿了，娘会在邻近的饭铺买一碗拉面或者炮仗面来，就是满强嘴上说的面条。面里有笋瓜，有几片牛肉或者羊肉，有芫荽，碗大份足，满强根本吃不掉，剩下的，娘吃。

在电话里满强跟爹说过一次不想留在老家了，说想回到他们身边。爹能说什么呢，都是些轻飘飘的言语，没有一句落到实处。满强也曾幻想着能听到爹许诺的回话，然后爹或者娘专门回家接上自己，乘上绿皮火车，飞快地奔向恰卜恰。可是，爹的那些像棉花一样软、像云彩一样飘的话就硌到满强的心了，满强的心一瞬间便松散了。朝后的日子里，满强再没有提过这个话头。

其实在老家，满强也是有不少欢喜事的，那些欢喜都来自学校。

升入二年级后，满强当上了班干部，是卫生委员。扫地、抹桌子、擦玻璃，这些跟卫生相关的事都归满强管。

抹桌子擦玻璃这些活儿不是每天都要做，每个星期一次吧，主要安排在星期一。星期天教室里没有人，空了一天，可能会生些灰尘。星期一到校，要做一次大扫除。满强总是最勤快的一个，爬窗台擦玻璃算是有点儿小危险的活儿，满强做的最多。拖地、洒水，反正满强只要得空都会上手。每次班主任都说满强是最最称职的卫生委员。老师的每次表扬，满强都能开心小半天。

下午放学，轮值扫地的值日生是要晚走的。满强排在星期三值日。可满强不只是星期三晚走，他是每天都晚走，等于自己每天都做值日生，不让教室里留下卫生死角。学校里每回卫生检查，满强班级都是优秀。这里有一大半是满强的功劳。满强不愿意帮奶奶干农活，可对学校的劳动总有使不完的劲。

整个二年级里，满强除了获得两张三好学生奖状外，还得到一张优秀班干部奖状。奖状带回家，向爷爷奶奶显摆之后，满强会让奶奶抓点面粉做糨子，然后亲自把奖状贴到山墙上。满强是想着等爹娘回来，一进屋就能看到自己的奖状。当然了，等满柱回来了，满强得先跟满柱说道说道这些奖状是怎么得来的，然后跟满柱比赛，看在以后的日子里，谁得的奖状多。

爹说的两年多时间很快就过去了。满柱没有回来，爹却回来了。

满强记得很清楚，那是自己四年级第一学期开学后没两天的事。进入四年级后，满强还是班级的卫生委员，满强依然沿袭先前放学晚走的习惯，收拾妥当后，关窗、锁门，把钥匙送到班主任的办公桌上之后，再离开。

晚些放学还有个不为人知的好处，那就是回家的路上格外清静。学生都走得差不多了，路上行人稀少。满强快十岁了，近三年的乡村生活，让满强的性情有了很大的改变。就说日常的农活、庄稼吧，满强心里早已接纳了它们，没有早先的厌倦了。就像眼下，时令已然入秋，路边的玉米有的已经长成形，绣出粉色的须。矮的田块长的是黄豆和山芋，毛茸茸的豆叶和绿油油的秧苗在微风里相互招呼，溢出一股清新的气息，这些气息像溪水一样，在空中缓缓流淌。独自行走的满强恰巧经过这儿，瞬间便被它们淹没了。满强记得，在恰卜恰是嗅不到这样气息的。恰卜恰常常会起风，风夹着细沙，刮得人睁不开眼。有一次风大，把白天都刮成了黑夜。说是黑夜好像也不怎么对，天空和大地都是黄色的。第一次看到那样的情景，满强吓得哭了起来。

中秋节之后，放学的路上则是另外一番景象了。玉米棒已经长成饱满的样子，玉米须开始变成深红色。有早熟的，已经被砍倒了。被砍下的玉米秸有的是甜的，可以折来唖。豆荚也生的饱饱的，簇拥在一起，风吹过来，似乎能听到它们的相互撞击声。

对爷爷奶奶，满强也有不一样的感觉，那是一份嵌入血液里的亲，也是一种依赖。满强开始习惯奶奶那些鸡零狗碎的日常、吃食和劳碌。放学回到家里，第一眼看不到奶奶，满强会心急，会到左邻右舍去打听，直到见到奶奶为止。

满强怎么也不会想到爹会回来。更让满强没有想到的是当天的家里那么热闹，可能说人多更合适些，堂屋站不下，院子里也有人。

看到爹满强肯定是开心的。那会儿的满强眼里心里都是爹，哪里还有心思去想家里怎么一下子来了这么多人。满强张口就问：

"爹，娘呢？"

满强看到爹的脸上瞬间就湿了。有眼泪，也有鼻涕。泪水和着鼻涕朝下淋漓，除了落到地下的，还有些黏连到了爹的胡须上，扯出几道亮丽的丝线。爹的模样既古怪又瘆人。

满强有些不知所措，想不出来是什么事儿让爹变成这个样子。满强抬眼看奶奶正立在山墙边自己那些奖状下不停地抹眼泪，爷爷则蹲在门槛外，一个劲儿地抽旱烟。无论是屋内还是院子里，每个人都面色沉重，没有一丝笑的模样。

爹不止一次跟满强说过，如果那天晚上自己不去还钱就好了。可世间哪里会有这样的如果呢？多年之后，每当满强忆起爹这句话，满强知道，爹所说的如果的情形只有一个，那就是爹也会跟娘、跟弟弟满柱还有妹妹毛丫她们一起，永远地留在恰卜恰。

1993 年 8 月 27 日，这本是高原小城恰卜恰最寻常的一天。午后天气转阴，有零星的小雨，这样的小雨在恰卜恰很常见，有时候太阳还在空中，雨滴照落不误，当地人说这样的雨是干雨滴，不淋人。

吃过午饭，稍事歇息就临近三点了。这是爹和同乡孙大富约好一起去马汉台邀（买）猪的点。马汉台在城南，离恰卜恰直线距离很近，但要爬一个近乎垂直的山台子，去的时候，人可以翻过去，回头赶着猪，只能绕路走。爹和孙大富特意把出发的时间比平时提前了一个小时。

爹把猪赶到家，拢进临时的圈栏里，是晚上八点钟。娘已经炒好菜，只等着爹来一起吃晚饭，可爹执意要出门一趟。

原来下午邀（买）猪，爹带的钱不够，于是跟孙大富借了90 块钱。当时说好了的到家就还他。娘知道爹的脾气，说出的话，一是一，二是二，没有拐弯抹角的余地。

看到爹上门，孙大富直说爹迁。

刚好孙大富家酒菜已然上桌，那时辰正是生意人的饭点嘛。孙大富说什么也不让爹回，说必须要留下来一起喝一杯，出门在外，哥俩还没有一起喝过酒呢。

有酒话长。这一对身在异乡的同乡把乡情、人情都聊进了酒中。

等到酒足饭饱，爹却是回不了家了。

　　高原建城首先要考虑避开风沙的侵扰。恰卜恰就是坐落在一个小盆地里的西部小城。在蒙古语里，恰卜恰的意思是"切开的崖坎"。不过也有人说恰卜恰为藏语，是"两条小河"的意思。这两条小河分别是恰卜恰河上游的曲乃亥和曲尕日。上游有两水加持，一些当地居民也称恰卜恰河为双水河。高原常年干旱少雨，双水河难见水流，是名副其实的时令河，河床干涸的时候多。就是这样一条少水的河道自北向南，把恰卜恰城一分为二。奇特的是这小城东高西低，最大落差超过四米。孙大富住在东城，爹和娘就住在西城河床的边上。

　　从孙大富家里出来，雨下的有点儿大了。而最为闹腾的是街面上，乱得像一锅粥。有哭喊、有嘶叫。爹一头雾水，不知道这恰卜恰城发生了啥事。最终爹听进去了一句话：

　　水库垮坝了。

　　水库？爹知道出城向北，路步步高升，走二十里地的样子，那儿是有个大水库的。

　　跑到崖台边上，面对咆哮的洪水，爹浑身战栗。初秋时节的恰卜恰早晚温差大，再加上雨水的浇淋，爹早已浑身湿透，但爹的战栗不是冷，是疼！爹的心在流血。爹看着家的方向，那儿一片漆黑，水声轰鸣。

　　家没有了。娘、满柱、毛丫，还有才买来的猪……大水过后，她们就消失了。

　　爹已经没有眼泪了。这多像一场梦。爹多希望这就是一场梦啊。

　　找遍了所有能找的地方，爹只找到娘和满柱。毛丫不知所终。

那几天里孙大富一直陪着爹。孙大富跟爹说，毛丫太小了，可能被淤泥埋了，也许给冲到龙羊峡里了呢。咱还是先把她娘俩送到尕海滩葬了吧。然后再慢慢找毛丫。

孙大富借了辆板车，把娘和满柱抬上板车的时候，爹看到不远处被水流冲来的一棵小怪柳树，根须还有，枝条零落，那样子更像是一根木棍。爹捡起来放车上了。

孙大富不明就里。爹说，虽然没有孝子在身边，但"哀棍"（哭丧棒）还是要有的。等她娘俩入了土，可以把这树种在坟边，如果能成活，就是以后满强来找他娘的印记。

后来，爹又在恰卜恰盘桓了三天，依然没有找到毛丫。伤心欲绝的爹只能形单影只的踏上返乡列车。

这一走，爹再也没有回过恰卜恰。

恰卜恰变化大吗？满强说不出来。六岁之前的参照物本来就很虚无，说是挥之不去，却也是取之不来。今天的恰卜恰其实和中国大多数的县城一样，它们不断的在长大、在长高，人员密集、路道变得宽阔，绿植越来越多……满强所能想到的就是两个字，干净。

是的。一圈走下来，这可能就是满强拿今天的恰卜恰跟过往的恰卜恰对比后得到最准确的结论。时间近午，街面上车流不多，行人也不似内地城里那般嘈杂，沿街的饭铺明显在迎来一天里的高光时刻。满强忽然心生恍惚，两宿三天时间，三千多里的路程，故乡？他乡？爹？娘？还有此刻的自己，到底算什么呢？心里怎么忽然就感觉孤单了呢。满强抬头看天，阳光刺眼，让恍惚的满强又加几分眩晕。

满强定了定神，满强心里知道自己应该出城去找那棵柽柳树了。满强没有想到找树的过程竟然是一点儿都不顺当。

先是走错了地。语言不通可能只是一个小因由，时间久远，爹当初交代树栽在恰卜恰城外西南方向是口误还是满强自己记错了早已无从考证。但满强找到的地方叫德吉滩不叫尕海滩却是实实在在的，当地人告诉满强尕海滩在恰卜恰东边，是有点儿偏东南，跟德吉滩是两个方向呢。

满强知道接下来的路程肯定是不能再用两脚跑了。在城里闲走没有啥感觉，这城外一转悠，高原反应就出现了。心跳得快，好像有个小铜钱压着，没力气再走路了。

这个时候，满强遇见了次旦。

次旦是一名出租车驾驶员。他满头浓发，面色赤红。就算是坐在驾驶位置上也能看出身材粗壮，好像这样的外形是当地藏族男性的标配。当次旦听满强说要去尕海滩有点儿诧异。不过也就一瞬间的事，问了单程还是往返，然后发动了车子。

开出租车的都是健谈的人。次旦断定满强是内地人，而且是初次来西部，甚至是才到的恰卜恰。

面对满强的疑惑，次旦说其实这个理呢很简单。一个人在高原上生活只要超过一段时间，他一定会自带高原红。就是两腮上的斑红，那是高原阳光辐射的福利，像自己这样，都漫山遍野红遍了。次旦说满强面部肤白唇红，一点儿没有受风沙侵扰的样子，这就是答案。

不过次旦说他也有自己的疑惑。就是一个初来恰卜恰的内地人为什么要去尕海滩。

满强相信驾驶员是个实在人。现在也算是有求于他，更应该敞开心扉。满强说了爹、说了娘、说了满柱和毛丫，自然也说了爹在尕海滩亲手栽下的柽柳树，满强还说了刚才弄错了地方，跑到了德吉滩……

那时候出租车正行驶在一节斜坡公路上，车速不快，近千米的路段次旦没有开口，一直在听。对满强而言，这短暂又漫长的讲述更像一种释放，满强太需要这样的倾诉了。

从动身来恰卜恰开始，满强似乎被封印了，没地方说话，也没人跟他说话。满强表面沉稳似水，可心里又是波澜起伏。火车上、班车上、旅店里……满强在心里跟爹说话，满强告诉爹，自己过西安了、过兰州了、到西宁了……满强在心里跟娘说话，满强告诉娘，自己离她更近了、自己已长到跟娘一样的年岁。满强一次次在心里想着那棵柽柳树的模样。爹跟满强说过，那树一年会开三次花呢，鲜绿与粉红色相间，它的枝叶纤细，枝条悬垂，这么多年了，柽柳树一定生的高大，它的枝稍肯定早已拂着娘的坟头了，自己不用走的太近，就能一眼看到它。

出租车驶出斜坡路，视野一下子变得开阔了，远山、草原、牛羊，都活泛起来，像此刻满强的心境。满强抬眼看了看车顶棚，心说可惜这车没有天窗，不然可以探出身子，兜兜这真正意义上的草原风，甚至可以大声的喊叫，对着每一棵小草、对着蓝天白云、对那些了无痕迹又无时不在的风，告诉它们，自己马上就能找到娘了。

可次旦接下来的一席话让满强刚刚舒展的心又坠入了冰窖。

次旦告诉满强现在的尕海滩上根本没有一棵柽柳树。柽柳树一般都是种在水滨、池畔、桥头、堤岸，街道的公路如果是沿河也有栽植的，它比较适合高原生长，成材后，淡烟疏树、绿阴垂条，很好看的。出了西宁后，湟源、湟中那两地多这种树，草原上是不会栽这种树的。至于说坟头，就更不可能了，草原上怎么可能会让坟头存在呢。

次旦说现在的尕海滩有草原帐篷、有牦牛、有青稞、有油菜、有格桑花，如果来得巧，还会有藏家的姑娘和小伙，有拉伊小调，小伙和姑娘们唱着山歌寻找自己的真爱……

次旦好像还在说着什么，可满强已经听不进去了，一句"尕海滩上根本没柽柳树，更没有坟头"就浇灭了满强满腹的激情。也许次旦是看到满强紧锁的眉头和眼角的湿润，有些不落忍，他又补充了几句，算是认可了满强的说辞。他说坟头和柽柳树早年可能是存在的，只是后来保护草原被迁移了吧。

看满强仍然一言不发，次旦把车泊到了路边。满强下了车越过路牙，径直朝草地走去。也许是草原上的风起了催化作用，满强的眼泪瞬间便下来了。满强心里空空的，尕海滩上没了那棵柽柳树，也没有坟头，那娘和满柱在哪呢？自己恰卜恰之行又有什么实在的意义呢？之前自己是有目标的，柽柳树就是守护娘的吉祥物，看到柽柳树就等于找到了娘。爹的意思是要用自己的那缕头发来跟娘合葬的。现在，满强迷茫了，指路的灯塔没有了，自己也便失却了航向。

次旦随后也下了车，他没有去打扰满强，只是点了根烟，倚着车身抽。

次旦抽了两根烟之后，慢慢地走到满强跟前。那时候满强是坐着的，就盘腿坐在草地上，头低着，是那种丧气的低头。

次旦说，坟头和怪柳树是没有了。但只要满强还想去尕海滩，自己一定会带到。接下来次旦话锋一转，说自己其实更想带满强去一个地方，前提是满强相信自己，如果去了，满强肯定会觉得值。

满强抬头跟次旦对视了几秒，点了点头。

次旦把满强带到一家叫多吉的藏式民宿。

那地方叫倒淌河，是一个镇子。车到民宿之前，次旦打过一个电话，说的是藏语。电话开了免提，接电话的是一名女子，听声音好像年龄不大，只是说话的速度有点儿快。

时间不长，满强就见到了那名女子。她是提前到门口等候的。

女子穿简约的无袖藏袍，没有戴头饰，用一条小丝巾挽着乌黑的长发随意披在身后。腰身上没有恰卜恰街面上那些藏家女子所佩戴的银饰，身材显得更加修长。满强特别留意了女子的脸面，是高原人特有的深褐色，次旦所说的高原红，在女子双颊格外明显。

次旦告诉满强，女子叫卓玛措，汉名叫严春花，是这儿的老板。可以喊她卓玛，也可以喊汉名。卓玛知道满强此行的目的，是刚才次旦在电话里告诉她的。

次旦给满强留了名片。说从倒淌河上西宁下海南（海南州，即恰卜恰）都非常方便，卓玛可以安排好的。当然了，如果需要，满强也可以给他打电话。

满强要结算车费。次旦摆了摆手，径自驾车回恰卜恰了。

后来，满强才明白次旦为什么要带自己来多吉民宿。

次旦有个哥哥，叫多吉。

1993 年的时候，多吉和卓玛是民族师范的学生，他们是一对恋人。再有一年，他们就要毕业了。不出意外的话，多吉和卓玛都会被分配到原乡做老师。多吉的家在倒淌河镇，卓玛的家在切吉镇，于恰卜恰而言，正好是一东一西，有点儿背道而驰的意思。多吉和卓玛也曾私下商量过，毕业后是一起申请分配到倒淌河，还是一块儿去切吉。多吉和卓玛还一起畅想过未来，说等工作稳定了，有了积蓄，可以趁着假期去内地玩，最好能去江南，甚至可以作为结婚旅游。他们一起读"小桥流水，江南烟雨"，读"三秋桂子，十里荷花"，心生无限神往。家乡苍茫草原，神奇的雪山，固然有刚烈之美，但作为接受教育的新一代藏族人，心中自有柔软之处，而"江南"两个字，始终都是读书人心中最美的字眼哦。

可惜多吉和卓玛的商谈与畅想最后只能是无果而终。

当年的 8 月 27 日，是农历的七月初十，是卓玛 19 岁的生日。多吉和卓玛喊上几个早返校的同学去马莲坡野炊。

开始下雨的时候他们想走，却是已经迟了。洪水瞬间便漫上了马莲坡。

关键时候，多吉照着卓玛后背奋力一推。

就是这一推，一个向死，一个向生。

卓玛是看着多吉被洪水卷走的。一同卷走的还有她的两位同学。

满强知道，那个时辰，父亲在老乡孙大富家里酒足饭饱，起身离开，准备回恰卜恰河边自己临时的家。爹不会知道，其实那个时辰，临时的家已经不复存在了。

毕业之后，卓玛回到家乡切吉做了一名教师。但只要有空，卓玛都会去倒淌河，去替多吉照顾父母亲。

后来因为生源问题，学校合并。卓玛不想去新单位。那时候多吉的父母业已相继离世，倒淌河的房子空着。征得次旦同意，卓玛把多吉的老宅做成了现在的旅社，名字就叫多吉民宿。

设计装修民宿的时候，卓玛特意做了一间琴室。当初卓玛和多吉学的专业就是音乐。多吉又喜欢弹扎木聂（六弦琴），可惜卓玛送给多吉的那把扎木聂在野炊的时候被洪水带走了。庆幸的是多吉家里一直使用的琴留下来了。卓玛在琴室除了自己弹琴，还教附近的一些尕娃。卓玛不收一分钱的学费，只想教出更多的喜欢弹扎木聂的小多吉来。

晚饭卓玛做了手抓羊肉、油炸蚕豆，炒了份小黑菜，邻居宰羊，知道民宿有客人，送了一份血肠。

酒是当地的青稞酒。其实满强没有多大酒量，但故事下酒，满强和卓玛，算得上酒逢知己了。卓玛善饮，两人把一瓶青稞酒喝了个底朝天，卓玛又开了一瓶。

从始至终，满强没有在卓玛的脸上读出一分悲戚，卓玛好像是在讲述他人的故事。

在酒桌边，卓玛也弹了扎木聂，那是多吉用过的琴。卓玛说"扎木"藏语意思就是声音，而"聂"是悦耳好听的意思。扎木聂合起来就是声音悦耳的琴。满强对音乐的理解也就局限于流行歌曲，听琴是奢侈的事。但那一刻，入耳清静、空灵，感觉自己像是行走在山涧、丛林，那琴声是水流、是鸟鸣、是风中枝叶间相互摩擦的微音。

藏传佛教讲究的是"万物有灵""生死轮回"之说，认为世上万物都是外壳与灵魂的结合体。人即是灵与肉的结晶，躯壳不过是灵魂的载体，死亡则是二者的分离，同时，"死亡"也是"新生"。藏族人相信，死亡只是和亲人暂时的别离，重逢会有时。自己从切吉搬来倒淌河，只不过是想离多吉更近些，便于早日重逢。

酒有后劲。羊肉及血肠的腥膻气也一度让满强胃部有些不适，后半夜好歹安稳了，满强想的最多的不是娘，竟然是爹。

满强把爹和卓玛放在同一位置去思量。妻儿的离开直接伤了爹的五脏六腑，不然爹怎么会在45岁就离开了呢。爹不可能理解"死，并不意味着生命的终结，而是预示着新生命的开始"的意思，那是费脑筋的事，爹读书不多，这道理多少有点儿深奥。更多时候，爹只会用身体去感知，活生生的亲人，在自己的眼前瞬间消失了，就等于有人用一把利刃，扎在自己身体上，而且是致命处。爹跟卓玛毕竟是生活在两个时空、有不同的思维、有不一样理念的人。满强也想过，如果爹有卓玛一样的心态，是不是可以活到现在呢。

满强辗转反侧，不知道是爹对，还是卓玛对。

直到黎明时分满强才入睡。满强做了个梦。在清脆、悠扬的琴声中，满强自己来到了尕海滩，满强找到了那棵柽柳树。它树形高大、枝条摇曳、开满了粉红色碎花。在树下，满强见到了娘和满柱。娘跟自己同岁，两个人站在一起，像兄妹、像姐弟，也有点儿像夫妻。满强从兜里掏出用丝巾包裹着的爹的那缕头发。娘打开看了，满眼诧异。娘说："你爹的头发一直都是乌黑的，这些头发咋是花白色呢？"

满强一时不知道该怎么回答娘，于是换了个话题。满强问娘毛丫呢？娘用手朝远处指了指，在一大片油菜花和格桑花的衬映下，四岁的毛丫正挥着手朝这边奔跑。蓝天轻摇，洁白的云彩一朵一朵地朝后飘，毛丫脸颊和眉梢都挂着笑意，她嘴角翕动，肯定是在喊娘亲和哥哥吧。毛丫头顶小小的冲天辫一会儿支棱起，一会儿向后伏。

满强迎了上去。满强牵住了毛丫的小手，像牵着自己的女儿。

七月的葡萄架

赶在太阳没出来前，七月骑着三轮车去沙沟湖收毛豆。

庄子很清静。听不到鸡鸣，但偶尔有犬吠，那种吠叫不急不躁的，有股慵懒味，像是经过一夜辛劳后，狗子伸个懒腰，打一声哈欠，然后复归平静。

七月也不是刻意早起，年岁大了，体内有固定的生物钟，每天都是天不亮就醒。冬天里，可能还会赖在床上一会儿，这夏秋时节，穿的少盖的单，七月都是一醒就下床。

沙沟湖在庄台南边，跟庄台隔着一条沙沟渠，庄邻习惯上称那块大田叫沙沟湖。这个"湖"字在乡民的心里不是湖水的意思，而是"田"的代名词。七月家在沙沟湖有一块田地，地块倒是不小，有一亩六分，要是全种上毛豆，能收获不少的。这样的情景七月只能在心里想想，有点儿不着边。那样的活儿，七月一个人怎么干得了呢？

过沙沟渠的时候，七月看见水生在堰边一棵白杨树下蹲着，很专注的样子。七月喊水生去帮忙收毛豆。水生呵呵地笑，说：

"我跟蚂蚁玩呢，七月。"

七月假装着拉下脸。

"水生你是不想吃葡萄了。"

听到有葡萄吃，水生便舍了蚂蚁，小跑着来到七月身边。水生要上七月的三轮车，七月没让。

早些年沙沟湖是一块大整田，种过水稻、麦子、玉米、大豆、山芋，是清一色的那种，无论是才出苗还是庄稼成熟后，那阵仗都威武得很。春风、夏雨、秋霜，它们滋润呵护着各色庄稼，目睹它们发芽、抽穗、结子、孕果……

收获时节场面更是壮观。差不多是全村劳力出动，收割的、搬运的、赶车的，一派热火朝天的景象。

后来大田被分割成了小块，分到了一家一户。那种整齐划一的情形就不复存在了。东家可能种的是玉米，西家也许培的是山芋。你种了小麦，我可能就支了大棚种菜……这样的情景持续了好多年。这许多年里，七月家倒是中规中矩，按季播种，一茬连一茬，小麦玉米轮番种。每次去沙沟湖，七月都会想沙沟湖早年的样子，她觉得眼下的沙沟湖是零碎的，就如同一块上好的床单，被七七八八加了补丁，模样怪异。如果不是后来上级出了政策让大家栽桃树，七月家的田可能会一直这样中规中矩种到眼下。

栽了桃树后，收成好像也不咋滴。关键是好多人家又没有栽过桃树，治虫、剪枝、嫁接，都没有经验，怎么会有好结果呢。于是桃树被清理掉了。大家又开始种白果（银杏）。说白果树有市场，南边好多大城市都用这种树做绿化树。事实真有那么一阵子，这白果树连同树苗的价格噌噌地朝上涨，可惜同样好景不长，正应了那句花无百日红，也就是个七八年光景，白果树从高位一下跌到了白菜价。当初没有舍得卖的树只能无助地杵在田里。

七月倒是想得开。三文二文总也是钱，只要有人出价，七月就卖。一年多时间里，田里的白果树愣是让七月处理得差不多了。长成的树是所剩无几了，可惜田也让买树人给糟蹋的不像样子了。

买白果树其实就是一个移栽的过程。买树人要带土把树木移走。卖掉一棵树，田里就等于多了一个坑。七月没有太多的力气平整土地，只能稍微收拾一下，这也是七月种毛豆少的一个原因。如果地块都平整好了，不种上点儿庄稼，七月会觉得心疼的，荒啥都不能让地荒着，这是植于骨子里的观念。

有水生帮忙，活儿就顺当多了。本来七月是带镰刀的，水生嫌麻烦，直接连根薅，时间不长就装满了三轮车。七月也知道，这一趟肯定收不完，不如早点儿回家摘豆荚，到了小晌午，等收购豆荚的贩子进村，就可以卖掉了，反正自己又吃不完这么多。

七月骑车，让水生在后面帮着推。七月还告诉水生，让他跟自己回家摘毛豆荚。

水生问到底有没有葡萄吃，没有葡萄吃就不帮七月。

七月笑了，说："葡萄肯定有啊，水生不是吃了多少年了嘛。眼下还没熟呢。等葡萄熟了，肯定给水生吃，别人可吃不上。"

摘完豆荚，七月忙着收拾豆棵、掉落的豆叶，闲下来的水生跑葡萄架下看葡萄。

好像葡萄架比往年矮了不少。一抬手就能碰到葡萄串儿。这时候的葡萄还没有长成，大的小指头大小，最小的跟毛豆粒差不多，大大小小的葡萄挤在一起，透着晶莹。成熟的葡萄身上披一层霜色，不怎么均匀，还有点儿脏兮兮的模样。

七月收拾好地上的杂物，把装毛豆荚的口袋扎好口，抬眼看到葡萄架下的水生。那时候水生正用一只手抚摩一串稍微大点儿的葡萄。水生的动作是轻匀的，他一边轻抚葡萄，嘴上一边念念有词。七月听不清水生在说些什么，但七月看到水生眼里有光。七月一下子就愣住了，心生恍惚。水生眼中的光亮点燃了七月心底的往事。七月依稀记得上一次看到水生眼里有这样的光亮还是四十七年前的事。

七月好像一下子回到了四十七年前。自己家的葡萄熟了，葡萄架很高大，那些成熟的葡萄就挂在高高的葡萄架上。院墙不是砖质的，是土坯墙，葡萄藤有的伸过矮墙，葡萄串也跟着窜了出去，是诱人的紫红色，任凭葡萄叶怎么努力，终究裹不住成熟葡萄饱满的身躯。身后的两层小楼也矮下了身段，是有顶脊的老屋，土坯的墙体，挂有釉彩的瓦也不复存在，取而代之的是茅草。麻雀喜欢在茅草屋檐口做窝，平时也会逗留于屋顶，茅草常常被麻雀给折腾出凌乱的迹象来，起风的时候，凌乱的茅草兀自在风中抖动，像是随时都会被风儿带走……

那一年，水生八岁，七月十岁。

八岁的水生上一年级，十岁的七月读二年级。但他们是在一个班上，还坐同桌。

庄子是一个独立的庄台，坐落在小武河东岸，像一座孤岛。孤岛离大队部有点儿远，大队那边是有学校的，但庄里人都说小孩子跑那么远上学，早晚再遇个风雨天，太苦。大队上就想了个折中的法子，在庄台设一个简易的学校，只有一间教室，把之前的牛屋稍微改造一下，就用上了。一二年级的孩子在庄台里先读着，等升入三年级，年龄和身个都大一些了，再去大队学校上学。

安排座次的时候，老师让一年的孩子坐教室南半边，二年级的坐教室北半边。水生坚持要跟七月坐一起，这样他们俩中间就是一二年级的分界线了。

学校简易，老师配置也简单。里里外外就一个人，语文数学一肩挑。当然了，偶尔老师也给上上音乐和体育课。老师有一台手风琴，常拉的曲子有《大海航行靠舵手》《学习雷锋好榜样》《南泥湾》……孩子们都爱听，也会跟着哼唱。至于体育课，就更简单了。老师把孩子们拢到教室门前的空地，可以玩老鹰捉小鸡，可以围成圆圈丢沙包。有时候还会搞比赛，比如滚铁环、踢毽子、转陀螺。水生是滚铁环和转陀螺高手，特别是转陀螺，每次都是第一名。转陀螺转得这么好可能和水生的陀螺也有一些关系，其他同学的陀螺都是寻常木头削出来的，有笨拙样子的，有憨厚外形的，也有蔫头巴脑的。水生的陀螺跟大家有一点点的不同，水生的陀螺底尖处镶有一个锃亮的钢珠，那是水生爸爸亲手给水生做的。水生的爸爸会修理自行车，废弃的车轴里有小钢珠，木头选用的是桃木，结实、厚重。有钢珠做尖的桃木陀螺转得稳、转得快、转的时间也够长。

　　水生把自己的陀螺当宝贝，一般人都不让碰，但七月例外，她可以随便玩水生的陀螺。其实七月对陀螺倒不怎么感兴趣，只是偶尔会试着抽几下，七月觉得那种玩法有点儿野，也累手，是男孩子的游戏。七月拿手的是踢毽子，七月能踢出不少花式来。后踢、背挑、左右脚翻转。班上踢毽子比赛七月自然每次都得第一名。如果说水生的陀螺得第一和陀螺的好有关系，那七月的第一名是实实在在的，靠的是技巧。

　　放学后及假期里，水生也乐意跟七月在一起。不明就里的人，还以为他们是姐弟或者兄妹呢。七月虽说比水生大两岁，但女孩儿生的瘦小，身个也没有高过水生，和水生在一起，像个小妹妹。

　　乡村的孩子自小就受父母的启蒙，要学会早持家，差不多每个孩子都有自己认养的小家禽，其中又以小兔子最为普遍。小兔可爱，又好养，再说就算是不小心养死了，也不算是多大的损失。水生和七月每人都养有自己的小白兔。

　　既然认养了小兔子，打兔草的活儿是需要自己做的。打兔草，田头、堰渠、河滩地都是好的场所。

　　秋后的天空是洁净的，那样的蓝给人的感觉既空旷又辽远。空中漾着微风，挎着竹篮行走在这样的氛围中，幼小的水生和七月不会用多美的字眼来表达心间的感受，但从走路的姿势上就能看出他们是欢快的，像飞出雀笼的两只鸟儿，一路蹦蹦跳跳、叽叽喳喳的。

　　走上堰渠后，路面上白杨树的叶子多了。踩着那些落叶，泛起沙沙的声响。声响带着节奏，轻轻地敲击着耳鼓，绒乎乎的、痒痒的。这样的声音是乡间所特有的，也是童年所特有的。成年后的七月无数次走上同一节段的堰渠，地面上有一样的落叶，七月的脚步都是张扬又急促的，无论如何再也踩不出年少时的感觉来。

这个时候，多数的叶、草都被肃杀之气浸染，不似春夏时节那样茂盛。而收割后的玉米田多数已被翻耕过了，有的已种上了麦子，就更谈不上有青草了。七月和水生准备去芦苇荡边看看，那儿邻近水源，又有芦苇遮阴凉，会有青草。

时令业已让芦苇改变了容颜，当初青葱的苇叶一部分已经变成了灰白色，而苇绒更是再无留恋之意，微风过处，随风四处飘扬。因为有水，因为有芦苇的遮挡，苇荡边的草依然葱绿着，七月和水生开始打草。

不大一会儿，七月和水生的小竹篮就都装满了青绿的草叶。看看时候还早，七月和水生把竹篮放到一边，然后牵着手朝苇荡的深处走，他们想去寻鸟蛋。

可惜七月和水生运气不好，一个鸟窝也没有碰到，还弄得一身灰头灰脸的，身上也刺挠挠的。在一个水塘边，水生要下水洗澡，七月却不愿意。水生让七月在一旁等他，七月点了点头。

衣服本来穿的就少，水生三下五除二就脱的赤条条的，跳进了水塘。眼见水生洗得欢，七月心里痒痒的，却又扭捏抹不开脸。

水生就说："过家家时咱们不就是一对嘛，你还说以后要给我洗衣服、做饭呢，有啥怕的？快下来。"

七月觉得水生说的在理，再有这是在芦苇荡里，也没个人能看见，便褪了衣衫，慢慢地挪到水塘里。

蓝天下，芦苇荡里，两个幼小的身躯把一汪塘子搅起了数不清的水花。

七月出生在农历的七月初七，七月娘本来是要给她起名叫巧儿的，但七月爹不同意，非要叫她七月。七月上面有两个姐姐，后来因为计生原因，爹娘没有再生养。七月爹偏宠这个三丫头。七月长到七八岁的时候七月爹心里就有了自己的谋划。七月爹心里决定以后就留七月在家，家里的葡萄架就是七月的了。

乡村里那些女孩多又没有男孩子的人家通常都会选一个可意的闺女留下来招婿。入赘过来的男子要改成女方的姓，这就是让一脉不断绝，延续香火。七月爹就选中了七月，照他的说法七月生在七月初七，就是专门来接管葡萄架的。

七月家有一架葡萄，好多年了，是老辈人种的，一辈辈往下传，七月爹是长子，便得了老宅，其余的弟兄都分出去各立门户了。每年葡萄熟的时候，除了自己吃，还能卖一些钱呢。有一年葡萄结得多，拿到集市上卖，4角5分钱一斤，竟然卖了22块6毛钱。那会儿，猪肉是6角9分钱一斤，七月娘辛辛苦苦养的猪，到了年底也不过才卖了90多块钱。

在庄子里，有桃树、杏树、梨树、柿子树、核桃树，甚至还有比较稀罕的樱桃树，但葡萄，七月家的这是独此一架，很是招眼。

每年葡萄熟的时候，也有不顺当的事。那些光屁孩会爬墙头偷摘，有的还会用木棍、砖头、瓦块砸。也是的，是稀罕物呢，大人尚且垂涎，何况是孩子。七月娘有点儿小家子气，看到小屁孩偷摘葡萄会大喊大叫，有时候还会跟他们家大人拌几句嘴，常常气得脸通红。七月爹倒是敦厚得多，说七月娘是自己找气受，都庄亲庄邻的，小孩子嘴馋不懂事，有什么大不了的。七月爹每每看到了，差不多就是喊一嗓子，吓唬吓唬那些调皮蛋，让他们知难而退就行了。

水生长成孩子样之后，他从来不去打葡萄的主意。水生跟七月玩的好，出入七月家是寻常事。再有水生知道葡萄不熟的时候，摘了也是白摘，酸的牙疼，不能吃。葡萄熟的时候呢，七月会送给自己吃。

你瞅瞅，这就是脑瓜子灵光。在学校里，老师都是这么说水生的。那会儿孩子们都还小，还没学到"聪明"这个词，老师喜欢土洋结合，乡村间的俚语也常常用在课堂上，不在乎什么普通话不普通话的，乡村俚语通俗易懂，孩子容易接受。

明面上水生是读一年级，七月读二年级，有时候做数学题，七月不会做，水生常常能解答出来。老师说水生是可造之材。"可造之材"是个生词，孩子们也没有学过，在当时那种场合，老师属于脱口而出，事出自然，老师发自心底的语言肯定是"洋气"的。这就好比一位武功高强的侠士，在突然遭遇危险的时候，他的防御及反击都是潜意识的，不受外在因素所控制。

小孩子都喜欢得到表扬，特别是老师的表扬，这要比父母亲的夸奖更受用。老师表扬水生的时候，水生坐的特别端正，双手互搭平放在胸前简易的课桌上。七月侧过脸偷看水生，水生嘴角有笑意，双眸明亮，里面还各立个小人儿，那是站在讲台上神采飞扬的老师。

中秋节学校提前一天放假，七月跟娘一起去姥姥家送节礼。爹说等七月从姥姥家回来，咱就开始摘葡萄。

每年去姥姥家送节礼娘都是吃过饭就回，七月要在姥姥家过两天。姥姥家也是住在河堰上，不过那条河要比七月庄上的河宽阔许多。除了河道宽，还有大片的河滩地。姥姥家的河滩地不长芦苇，是跟大田一样种庄稼的。只是有时候发大水，河道跟河滩地就连成一片了，那些庄稼就白瞎了。这是姥爷的原话。早两年七月还听不懂"白瞎"这词，七月跟姥爷说庄稼明明是泡汤了嘛。白瞎归白瞎，乡民还是年年播种，不就是搭点儿种子、搭些人工嘛，得留个念想，不能让河滩地荒着，总有不发水，或者水势小的年头，那时候收到的口粮就是额外的补贴。

河道宽，桥少，相邻的村子为了少绕路、方便通行，会就近设渡口。七月姥爷就是摆渡人。平常摆渡，本庄上的人不收钱，但到年底，姥爷会带条口袋挨家挨户去收粮食，至于是掬一瓢还是掬一碗，都由主家自愿。外庄人过一趟河收一毛钱，若是骑自行车的，车子也要收一毛。七月每次去姥姥家，都要去乘姥爷的船，来回漂几趟。有的小孩子一到船上就会呕吐，姥爷说那叫晕船。七月不晕船，七月喜欢坐在姥爷的身边，看姥爷摆渡。姥爷有两条船，大船用长篙撑，小船用橹摇。七月更喜欢坐小船。姥爷摇橹的动作好看，一送一收、单摆、收橹……每一个动作姥爷都做的娴熟自然。小船在姥爷手上乖得很。比较起来，撑大船就有点儿费力，姥爷要在船头及船帮上来回走动，控制船速、掌握方向。不过坐大船也有让七月欢喜的地方，大船两头各有一个小船舱，大人到里面有点儿拥挤，七月身子小，钻进去船舱还空荡荡的。姥爷特意在两头的舱里都放了草席，就是给七月备着的，七月来了，可以躺船舱里玩。当然七月乐意上姥爷的船其实她肚子里也是有小九九的，就那么来回漂几趟，七月能收到钱呢。七月在集市看到喜欢的小物件，首先就会想到姥爷的船。这次七月想要一个有红塑料封皮的日记本，爹不舍得给买，七月只能到姥爷的船上想办法，等钱凑得差不多了，七月就该下船了。

那时候七月最小的姨娘还没有嫁人，离开姥爷的船后，七月差不多都是跟小姨娘在一起。小姨娘只比七月大八岁，和七月生的有点儿相像，除了身个比七月高，身材也是瘦瘦弱弱的模样。娘俩走在一块，像一对小姊妹。

小姨娘会纳鞋垫。每双鞋垫上都有不同的花样，蝴蝶、喜鹊、月季花、囍字……七月喜欢看，还让小姨娘教她。小姨娘说七月还小呢，等再长大一点儿，肯定教她。小姨娘还有一条红色的手帕，香喷喷的。七月猜小姨娘平时肯定朝手帕上洒了花露水，不然不会这么好闻。

小姨娘有这么多的宝贝，七月啥都没有。七月只能讲学校里的事给小姨娘听。七月讲老师知道的事儿真多、讲自己踢毽子得了第一、讲水生的陀螺……

一说到水生，七月就想到家里的葡萄了。爹说等自己从姥姥家回去就摘葡萄的。这几天自己不在家，水生一定馋葡萄了。葡萄熟了嘛，它们顺着藤条，都生到院墙外了。

一连三天没有见着七月，水生有点儿心急。去七月家找，七月两个姐姐说水生是小屁孩，爱理不理的。其实水生也能猜到七月是去她姥姥家了，可水生就是想知道个准信儿，或者说想知道七月到底哪天能回来。

七月不在家，水生就像落了单的雁，可怜巴巴的。在走过大牛屋山墙时，水生看到高原和二虎在玩陀螺，水生要跟他们一起玩，高原和二虎竟然一起说不跟水生玩。他们说水生的陀螺是怪物，跟他们的不一样。不一样的陀螺在一起玩，不公平。

水生心里窝着火，却又不能发作。自己玩太无趣啊。水生只好涎着脸凑上去，跟高原和二虎说软话。说等七月回来摘葡萄肯定给他吃，到时候会分一点儿给他俩。

听水生说到吃葡萄，二虎一下子来精神了。高原则撇撇嘴，有点儿不相信水生，说："葡萄那么贵，七月家会送给你？"

这把水生给急的，小脸瞬间就红了。

"你们还不信？七月跟我好着呢，每年七月都给我葡萄吃的，再贵也给。"

二虎说："还不知道七月哪天回来呢，还不如咱现在就去自己摘。刚才从七月家旁边走，看到成串的葡萄都挂到墙外了。"

高原马上表示反对。

"七月娘凶得很，让她给逮到可不得了。再有，回头到家了还得挨爹娘的打。"

高原是吃过苦头的。前年因为拿土坷垃砸七月家的葡萄，被七月娘拧着耳朵给送到家里，过后被爹一顿暴揍。

水生看他俩油盐不进，更急了。伸手去拉二虎和高原，说："你俩跟我走，咱现在就去摘葡萄。七月跟我好，她娘逮到了，也不碍事。"

二虎自然是没话说，心里是一百二十个愿意。而高原呢，吃的诱惑也淡化了曾经的耳朵和屁股疼。三个小家伙结伴而行，雄赳赳气昂昂地朝七月家进发，那阵仗，真有点儿去攻打敌人阵地的气势。

在路上高原还特意拔了根篱笆帐上的木棍备用，可到七月家的外墙边，效果半点都不好。木棍敲击，只能零碎地落下几粒葡萄，关键动静又不敢弄的太大。经过木棍的击打，再落到地上，葡萄没几个成形的，有的甚至都粉身碎骨了。

水生一看这样不行，就想了法子。水生让高原和二虎分别抱着自己的一条腿，慢慢朝上举，水生则用两手扶着院墙稳住身体。

总算能够着成串的葡萄了。水生心里是喜悦的，这一大串葡萄摘下来，高原和二虎吃得还不美死，然后他们就可以一起玩了。水生用一只手扶墙，腾出另一只手抓住葡萄串。水生抓的是葡萄串的顶尖，水生想把葡萄串朝上提，然后把它从藤条上折下来……

葡萄串没有折下来，坠落到地上的是水生。

七月娘从湖里掰玉米回来了。

七月娘看到仨孩子叠人梯摘葡萄，那是气不打一处来，破口大骂。

高原对这声响具有天生的畏惧，跟条件反射一样，那一瞬间高原脑子里想的是赶紧跑，可不能让七月娘抓住了。可高原忘记了他双手还抱着水生的一条腿呢。

高原这一撒手，水生失了重心，二虎又怎么能抱得住水生呢。

水生是后脑勺先着的地，时间不长那地方就起了个包。水生爹有点儿不放心，还是带水生去了趟村里的诊所。医生问了情况，检查了后脑勺的包，知道水生上一年级后，医生又问了几道一位数相加相减的数学题，水生都答对了。医生拿笔给水生让他写出自己的名字，水生也写出来了。

医生跟水生爹说没啥问题，头上的包是淤青，涂点红药水，三四天就消下去了。

七月的爹很是愧疚，把七月娘臭骂一顿后，挑朝阳的葡萄摘了四五斤，又把七月娘攒的二十多个鸡蛋给水生家送了过去。

挨了一顿骂，好不容易攒的鸡蛋也没捞到去街上卖钱，七月娘那个懊恼哦，直说心口疼。

过完年后开学，七月是二年级的下学期，水生是一年级的下学期，照正常的路数，等放过暑假再开学，水生读二年级，七月则要到村上的学校去读三年级了。可老师发现了水生的异样。

水生没有早先的那股灵气了。写作业频繁出错，反应迟缓，更奇怪的是水生常常会盯着一个点傻傻地看，但那个点又似乎很寻常，根本看不出有什么值得关注的物件。老师第一时间把发现的情况告诉了水生爹，并且说出了心里的担忧。

水生先是被送到乡里的医院，后又被带到县上的医院检查。最后给出的结论是孩子头部受过撞击或者跌倒磕碰，导致脑部受损，又没有得到及时有效的治疗，形成不可逆转的智力障碍。说白了就是有可能变成傻子。

尽管七月爹把家里的积蓄都拿出来给水生做医药费，但水生依然没有好转的迹象。水生的爹娘彻底绝望了，不间断地跑七月家去闹。说他们水生成傻儿了，七月家要管他一辈子，要不就拿一千块钱来，一次了断。七月爹知道就算是把自己卖了，也凑不出一千块钱来啊。

羞愤至极的七月爹提了把斧头去砍葡萄架。七月哭着喊着，拼命护着。七月说："您答应过这葡萄架是留给我的，是我的我就不让砍。"

葡萄架没有砍成，七月爹当晚一时没有想开，用一条尼龙绳把自己吊在了葡萄架下。

七月和水生两家本来是没有出五服的本家，平常里喜殡事都还拢到一块的，眼下这一闹腾，一家出了个傻儿，一家死了人，直接本家变仇家了。

在七月心里从来没有想过仇家这事儿。后来七月去村小学上学，下午放学七月还常去看水生，那时候水生已经不上学了，水生带着他的宝贝陀螺满庄子游荡。有时候七月在他家附近看不到水生，七月还会绕庄子走一圈，找到水生后，也会跟他一起玩一会陀螺。水生的陀螺玩的依然很溜，玩陀螺时候的水生一点儿都不像傻儿。水生还像之前一样，愿意亲近七月。

有时候七月也会带水生到家里去，但娘在家的时候，七月不会这样做。七月知道好多年里，娘跟水生的爹娘走顶面都不搭腔。水生的爹娘心里有怨，而七月娘心里有恨哩。

每年葡萄熟了，七月都会备下水生的那份，瞅空避开娘给水生送去，从没间断过。

四十多年过去了，七月一点点长大、成家、生子，水生却永远都是八岁时的智力。在庄子里，有喊七月姐的、有喊姑的，也有喊奶奶的，只有水生，一直七月七月的叫。水生喊的自然，七月答的亲切。

四十多年间，七月家的房子从土坯变成瓦房，再到今天的两层小楼，院子里的葡萄架始终都在，唯一变换的是它的支架，从木棍到竹竿、到水泥棒、再到如今的钢架，不变的是葡萄架年年枝繁叶茂，硕果累累。

断断续续把沙沟湖的毛豆收完，就临近八月十五了。眼瞅着邻边没有白果树的地块人家都种上麦子，中秋节后没几天就是寒露，寒露两旁看早麦。这邻地的主人是老农户呢，收获时节抢收，下种的时候也要抢种。七月没打算种麦子，那样动作太大，单凭她跟水生干不了。再说以后麦子熟了，也是麻烦事，请收割机不值当，自己收割、打麦子那更成问题。

最后七月选择了种大蒜。赶在中秋节前天，还是水生帮衬，把毛豆茬的地都种上了大蒜。

那一阵子天干少雨，多亏水生有力气，去沙沟渠拎水，七月刨坑加落种子，一直忙活到傍晚天，才种完。

七月让水生跟她一块回去吃晚饭。七月还告诉水生今晚可以吃葡萄了。

回家的路上水生要上七月的三轮车，七月点了点头。水生乐呵呵的坐了上去，七月骑得很慢，晃悠悠地朝家赶。

七月炒了小鱼干和毛豆米，煮了白水鸡蛋。做好这一切，月亮已经升的老高了。七月特意把小茶几搬到葡萄架下，和炒菜、鸡蛋同时上茶几的还有一个茶盘，那是留放葡萄和月饼的。

去房间搬椅子的时候七月看到碗柜上有半瓶酒，七月心间一怔。稍微停顿后，七月抓起那酒瓶，顺便在碗柜里拿了两个酒杯。

水生嫌酒辣，喝了一口又都吐地上了。水生让七月自己喝，他吃鸡蛋，吃葡萄。

喝了两杯酒之后，七月给自己又倒了一杯，端起酒杯那一刻，七月看到水生正将一颗大的葡萄朝嘴里塞。水生吃了一块月饼和两只白水蛋之后，便开始只吃葡萄，也许在水生心里，这葡萄就是人间美味。外面的世界千变万化，缤纷五彩，水生感知不到，水生的世界就是小小的一点。是啊，它又怎么能大得起来呢？一个八岁孩子的心里，能装下的也无非就是爹、娘、吃饭、七月以及葡萄了。世事更迭，水生不会知道，时至今天，早已没有小孩子来偷摘七月家的葡萄了，事实上庄子里的小孩子也是越来越少了，倒是七月的葡萄架，老而弥坚，每年都果满枝头。有时候七月会盯着那些自然成熟又自然跌落的葡萄发呆。

院子里没有开灯，八月十四的月亮升得快。葡萄架枝叶稠密，月光照不进来，但葡萄架外、院子里，银色的光亮洒了一地，有点儿像当年姥爷行船的水面，七月又觉得不像。姥爷行船的水面是有波纹的，船上有些嘈杂，有姥爷摇橹划水的声响，院子里没有，院子静谧、寂寥。

七月把酒一饮而尽，再看水生，依然是恬淡安然的样子，在一门心思吃葡萄。七月忽觉心间一酸，眼泪就流下来了。

七月转头去抹眼泪，一眼看到葡萄藤根旁那把锈迹斑斑的斧头。

七月起身过去抓起斧头，对着葡萄根就砍。

就在七月准备砍第二下的时候，水生跑过去夺下了斧头。

水生急吼吼的说："七月，你傻啊，你怎么能砍葡萄架呢？"

知其难为而勉力为之

接触短篇小说的时间比较长，而写短篇小说的时间却很短。

大约是从2018年开始，想尝试着写写短篇小说，接下来正好又遭遇近三年的新冠疫情，时间一下子也充裕了，一边抱着学的心态读，一边照葫芦画瓢试着写。

五年时间里，一共写了十二篇小说，不算多，但也不能算少。今天我把它们汇集起来，准备出一本短篇小说集。选书名的时候，我没有犹豫，直接用《寻找贾小朵》这篇小说的题目作为书名。因为这是我在正规期刊上发表的第一篇短篇小说，责任编辑是《当代小说》编辑部的孙孟媛老师。

五年里所写的十二篇小说大致分为"都市生活""青春情感""乡村风物"和"历史散章"四个类别。

都市生活类小说有五篇，分别是《铃儿响叮当》《甘泉路》《亲亲木头》《小累的楼阁》和《寻找贾小朵》。在这五篇小说里，内容都涉及城市的发展及变迁。不同的主人公在相似的城市发展及变迁进程中，肯定有着不一样的遭遇。像《甘泉路》，主线写了两兄弟纯真的情感，而另一面，则通过社会的进步，网络的日臻发达，冲击着小的经济实体，在这种进步及时代潮流所裹挟的泥沙中，作为个体的人物肯定会受到冲击，肯定会有痛。而《铃儿响叮当》所描述的则是另外一种色彩。主人公生活艰辛，但在同样的社会进程中，作为一名平凡人，能踩着苦和痛，一路跋涉一路歌，读来令人振奋。在文本中，我特意设计一个道具，就是那把檀木梳子，算是家传的宝物吧，是家风传承，也可以说是中华美德传承。

值得一提的是，《亲亲木头》《小累的楼阁》和《寻找贾小朵》这三篇小说，多多少少还带有几分悲剧色彩。

无论是燕三、小累还是贾小朵，都可以说是城市发展及变迁中的受害者。这样定义，并不是说受害者就是一个贬义词。恰恰相反，社会的进步肯定携有两面性，哪怕是百分之九十九的人受益，总还会有人为此付出，这是不容置喙的。燕三、小累、贾小朵在小说中的黯然收场，并不能代表他们悲剧的人生，相反，这样留有数不尽的空间、有各式各样的结局，留给读者自己去遐想，去放飞。特别是小累，他的纯真、善良以及心中美好的愿望，日后肯定能实现。

《青涩》和《从"西游记"到"西厢记"》两篇小说主线都涉及情感方面。其实《青涩》这篇小说可以说有点儿另类，它更像一篇青春文学。关注的是中学生的青春懵懂情感，小说中没有自描自画的说教，也没有谴责，只是把一种貌似花开自然的事展开来，铺到读者的面前，让观众去品味，去思索。

《从"西游记"到"西厢记"》算是个成人间的游戏吧。四个人组成的一个小微信群，其实就是一个小世界。你也不能说老丁虚伪、奸诈。也不能说白絮低俗。而大秦呢，只能归类于一个为人处世选择中立的人，也可以说是个老好人类型。唯一受到伤害的肯定是"我"。但在这样一个游戏里，其实是没有赢家的，当然也没有输家。在芸芸众生的大千世界中，适者生存，是自然法则。

把《五哥真像赵子龙》《你好鲁米那》《七月的葡萄架》《恰卜恰有棵想我的柽柳树》四篇小说归类于乡村题材也是不够准确的。这四篇小说，读起来更有点像纪实散文，特别是《你好鲁米那》。前两篇中的"我"在文中的地位各不相同，前者是冷眼旁观，后者是亲身经历。一篇是赞美和讴歌，一篇是表述歉疚和救赎。但读后都能给人留下美好的印象。至于《七月的葡萄架》中的七月，她则一直默默地关心童年的伙伴水生，并且心中始终都没有摒除那份深深的自责。稍微有点特别的是《恰卜恰有棵想我的柽柳树》。我曾在那个遥远的高原小镇子生活过近三年时光，也曾亲历了那次垮坝事件。到今天，三十年过去了，一直想用点文字来记录那个事件，最终写成了现在这个样子，总觉得自己想表述的东西并没有完全展现出来，也许是能力所限吧。

小说《上禹王山》只是以历史事件作为一个引子，真实目的并不是去写历史题材。"爷爷"这个角色，用近乎一生的时间守候、看护那些将士的埋骨地，是对忠烈的一份褒奖，也是人性闪光的一面。小说是要告诉人们通过阅读文本来反思战争，以期祈求和平。

作为短篇小说的初学者，对自身的诸多短板也是明了的。但如何能像学武者那样渐次打开周身经脉，做到收发吐纳自如，然后写出文字清新亮丽、主旨含蓄寓意深邃的小说来，却不是一朝一夕能够抵达的。现在，把这些尚显稚嫩的习作结集出版，只能算是一个小小的总结，也是对五年时间里辛劳的一个告慰，同时也将以此集子作为一个鞭挞，学无止境，长路漫漫，再求索。

作者